HÂTE-TOI DE VIVRE !

Laure Rollier est auteure et caricaturiste et vit dans le sud-ouest de la France. Elle a remporté le Mazarine Book Day 2017 avec son roman *Hâte-toi de vivre*. Elle a publié auparavant sur Internet un premier roman, *Ce que tu ne sais pas*, qui a connu un beau succès.

LAURE ROLLIER

Hâte-toi de vivre !

MAZARINE

Source des citations :
P. 7 : *Le Petit Prince*, Antoine de Saint-Exupéry,
© Éditions Gallimard.
P. 171 : « La chanson La Peña Baiona »,
© Texte écrit par M. Dominique Herlax
pour AGORILA (www.agorila.com),
adaptation de « *Griechischer Wein* ».

ISBN : 978-2-253-25967-1 – 1re publication LGF

« Je me demande, dit-il, si les étoiles sont éclairées afin que chacun puisse un jour retrouver la sienne. »

Antoine de SAINT-EXUPÉRY

Et tout a commencé

1

La musique d'Hotel California se lance sur mon téléphone…

6 h 35. C'est trop tôt. Cinq minutes encore. Pas plus.

7 h 10. Merde ! C'est trop tard, là ! Qu'est-ce qu'il a encore, cet iPhone ? J'avais mis le rappel pourtant, j'en suis sûre. C'est quand même incroyable qu'on vous vende des appareils qui coûtent deux bras et qu'ils ne soient pas fichus de fonctionner correctement. Parce que, maintenant, je le déverrouille et j'entends bien le cliquetis – il n'était donc pas en silencieux. Si j'ai le temps, je m'arrêterai chez Juju pour qu'il regarde ce qui a merdé.

7 h 20. Faites-nous penser à faire un procès à Apple. À ma mauvaise foi et à moi.

— Léo, je te dépose ?

— Non, non, je me lève juste, Louloune ! Je suis super à la bourre, je prends ma voiture ! rétorqué-je à ma colocataire en étouffant un bâillement.

— OK à plus, me répond Louise depuis le salon, juste avant de sortir en claquant bruyamment la porte d'entrée.

Je n'aime pas ça. Être en retard, je veux dire. Mais il est hors de question que j'attaque la journée sans mon intraveineuse de caféine… Putain, il est déjà 7 h 35. J'hallucine. J'ai cours à 8 heures. Autant se rendre tout de suite à l'évidence : comme je ne voyage pas avec Air Force One, je n'y serai jamais. Quel jour on est ? Jeudi… Je commence par les littéraires. En plus.

J'aurais peut-être mieux fait de supplier ma colocataire de m'attendre, quitte à enfiler mes chaussures dans la voiture. Tandis que les minutes défilent, je me bats avec le tube de dentifrice, puis c'est au tour de mes cheveux de rester coincés dans la brosse. Plus on essaie de faire les choses rapidement, plus la vie nous balance des bâtons dans les roues, non ?

Dans le miroir de l'entrée, je jette un rapide coup d'œil sur l'étendue des dégâts et de mes cernes. Le mascara a fait ce qu'il a pu, mais il n'est pas chirurgien. Je vais devoir me résoudre à sortir comme cela, l'horloge tourne et je ne peux pas me permettre de remettre les pieds dans la salle de bains. Même si je l'entends m'appeler depuis l'étage.

Mes clés ? Qu'ai-je encore fait de mes clés ? En temps normal, je suis déjà en train de râler contre les parents qui se garent sur le parking des professeurs. Bouge-toi un peu, Léo ! Sur le mur de notre salon, l'horloge géante mi-suédoise, mi-taïwanaise se fout de ma gueule avec ses longs bras qui font la course entre eux.

Où est mon portable ? Il faut que j'appelle Louise, elle doit être arrivée au lycée ! Elle !

— Louloune, tu peux t'arrêter à la « Vie scolaire » prévenir que je serai en retard ? dis-je d'une traite dans le maudit téléphone tout en enfilant mes Converse.

— Genre, combien de retard ? me questionne ma colocataire. Mais bouge, con !

— Quoi ?

— Non, je parle à Luc Alphand devant, le mec, il slalome avec les feux !

Je l'entends râler comme j'en ai l'habitude.

— Dix minutes, quinze max. Qu'ils ne se barrent pas, les gosses, j'arrive, OK ?

— OK, fait-elle tandis que le klaxon me transperce un tympan.

— Et arrête de répondre en conduisant !

— Alors arrête de m'appeler.

Elle me raccroche au nez.

Elle est comme ça, Louise. S'il existait un championnat du monde des bougonneuses, elle l'emporterait à l'unanimité des votants. Et partirait en râlant, son trophée sous le bras. Mais elle est tellement drôle, parfois malgré elle, que personne ne peut lui en vouloir. Personne. Je me souviens de mon premier jour au lycée. J'étais surexcitée de redescendre enfin dans le Sud, chez moi, après sept années en région parisienne. J'avais enfin obtenu assez de points ! Oui, c'est comme une carte de fidélité, tu cumules et, quand t'as assez de points, tu peux t'offrir le bahut que tu veux. Enfin, plus ou moins.

Je n'étais pas malheureuse « en haut », enseigner la philo dans les quartiers, c'est rock and roll. Chaque jour te réserve une perle différente, et il faut dire que je les aimais vachement, mes élèves. Le syndrome « Bienvenue chez les Ch'tis », dixit Louise. Mais bon, ma carte de fidélité « Éducation nationale » grossissant, j'ai fait le tour des postes disponibles et retour (presque) au bercail.

J'ai emballé sept ans de vie, dans vingt-cinq mètres carrés, mais sept ans quand même, et j'ai atterri dans le Lot-et-Garonne. Ouais, moi non plus je ne savais pas que cela existait. Je suis toulousaine, enfin, j'y suis née. Mes parents y vivent. À partir de quand peut-on considérer que l'endroit où vivent tes parents est indépendant du tien ? Parce que, finalement, je vis partout, mais je réponds toujours que j'habite à Toulouse… À creuser. Oui, ça, c'est mon côté prof de philo, je creuse tout.

J'en ai les ongles abîmés à force.

Le premier jour donc. Lycée Alfred-de-Musset à Agen. Ouah, tout un programme. Premier point positif, ces gens-là parlent la même langue que moi. Alléluia. Je me sens moins étrangère ici lorsque j'ouvre la bouche qu'à Paris.

— Putainnggg madameeeuhh, vous connaissez Maïté ?

Je suis fière de mon accent, mais, quand tu es jeune prof et que tu débarques en terrain inconnu avec le phrasé des Chevaliers du Fiel, tu prends cher. Donc, à Agen, je me suis sentie un peu plus libre de lâcher les mots sans filtration préalable.

J'avais passé les vacances « chez moi » – ou chez mes parents, je ne sais pas bien. Ma mère, bien qu'enchantée de me voir revenir, m'a questionnée tout l'été sur mes amours. Plutôt mes non-amours. Selon elle, ne pas avoir de « situation » à trente ans, c'est inquiétant. Par situation, entendez : mariage, gosses, chat, impôts fonciers, etc. Le fait que je sois professionnellement épanouie ne lui caresse même pas les neurones.

J'ai pourtant, plus ou moins, suivi sa voie. Ma mère était enseignante, elle a passé toute sa carrière dans la même école à apprendre les rudiments de la lecture et du calcul à des CP. Tout le monde dit que je lui ressemble. D'elle, j'ai hérité mon épaisse crinière blonde et mes grands yeux noirs, tandis que ma sœur Camille est la copie conforme de mon père. Le caractère bourru en prime. Mais personne ne lui tient rigueur de son tempérament, à elle, l'enfant parfaite avec sa famille parfaite.

— Mais quand même, rassure-moi, tu as bien eu des petits chéris à Paris, non ?

Si tu savais, je me suis tapé trois arrondissements plus les lignes de métro !

— Maman, mais bien sûr, je n'ai pas trouvé le bon, c'est tout.

— Parce que Martine me disait que, sa nièce, elle a fini lesbienne là-bas, me glisse-t-elle sur le ton du secret.

Ma mère est une personne qui ne vit pas au XXIe siècle. Mais c'est ma mère, j'acquiesce donc docilement et je passe mon tour. C'était cool, tout de même, cet été-là. J'ai pu revoir d'anciennes amies, toutes mariées, mamans, épanouies, en cloque, divorcées, au chômage. Dans l'ordre ou le désordre. Parfois avec tous les numéros gagnants.

— Et toi, Léo ? Il y a quelqu'un dans ta vie ? me lança l'ex-Miss lycée Gustave-Eiffel 1999.

Oui, cela se faisait à l'époque.

— Non, pas en ce moment, lui répondis-je en lorgnant mes lacets.

Je la soupçonne d'être amie avec ma sœur, celle-là !

— Ohhh… Ne t'inquiète pas, il n'est jamais trop tard.

Merci de ta sollicitude, madame Je-fous-rien-de-mes-journées.

La rentrée approchant, j'avais pris la décision d'attendre de découvrir le lycée et, surtout, mon emploi du temps avant de poser mes valises à Agen.

— Salut, tu es nouvelle, j'ai l'impression. Je m'appelle Louise, je suis la conseillère d'orientation, me dit une pétillante brunette aux grosses lunettes et au sourire contagieux.

— Bonjour, je suis Léona, prof de philo, lui lançai-je en avalant à la hâte mon croissant.

— Léona ? Ce n'est pas commun, c'est le diminutif de quelque chose ? On dirait qu'il manque une syllabe, me balança-t-elle avant de me faire signe de la suivre.

La première personne à m'avoir accueillie, même avant le proviseur. Je venais à peine de me faufiler dans la grande salle de conférences au fond de laquelle nous attendait un petit déjeuner digne d'un brunch à l'Élysée. Bien que je n'y sois jamais allée. J'imagine. Des petits groupes s'étaient naturellement formés çà et là, ça piaillait sur les nouvelles réformes, sur l'été qui passe trop vite, sur la dernière saison des Agenais en rugby. Je ne comprends pas tout à ce moment, mais, de toute façon, je suis en phase d'observation. Personne ne semblait prêter attention à moi et c'était, finalement, pas si mal. Jusqu'à l'arrivée de Louise, dans mon petit déj de ministre et dans ma vie.

2

7 h 40. Je balance ma mallette sur le siège arrière et referme tout aussi délicatement la portière avant de ma voiture. Lorsque l'on commence à la même heure, on part ensemble, Louise et moi, dans la mesure du possible, autant faire un geste citoyen pour l'environnement et notre porte-monnaie. Sauf en semaine B, lorsqu'elle a Tess, sa fille de six ans dont elle partage la garde avec son ex, et qu'elle part plus tôt pour la déposer à la garderie. Vocabulaire d'enseignant, pardon ; A ou B, 1 ou 2, pair ou impair. Vous comprendrez lorsque vous aurez des gosses au collège !

On a accroché dès le départ, Louise et moi, pourtant on n'a strictement rien en commun, comme quoi. Elle est aussi sans-gêne que je suis réservée, elle ne sait absolument pas où se trouve la bibliothèque du bahut, tandis que j'y passe mes journées, elle considère que les profs sont des branleurs, mais elle a pitié de moi lorsqu'elle me voit rentrer le soir avec mon millier de copies à corriger sous le bras, elle a été mariée durant huit ans, alors que, moi, je n'ai jamais passé plus de douze mois avec le même mec. Elle est maman. Je n'ai même jamais eu de poisson rouge.

Un soir, elle m'a sorti, sans que je m'y attende :

— Il est pourri, ton studio, sans parler de cette rue... Sans déconner, Léo, tu ne vas pas passer l'année là-dedans, ajouta Louise entre deux gorgées de mojito.

— T'es mignonne, toi, j'ai trouvé ce que j'ai pu ! Avec l'emploi du temps qu'ils m'ont collé, j'allais pas me taper les allers-retours à Toulouse tous les jours, lui répondis-je.

— Viens vivre avec nous ! Je suis sérieuse, Léo. Ma maison est immense et, franchement, les semaines sans Tess, je peux à tout moment me pendre avec mes rideaux.

Voilà comment tout est parti. Un soir de cuite entre collègues, la veille des vacances de la Toussaint. Je l'ai d'abord traitée de folle, lui ai demandé comment elle expliquerait à sa fille de six ans qu'une femme qu'elle avait vue deux fois dans sa vie allait venir s'incruster sous son toit. Elle a ri, moi aussi. J'y ai réfléchi, elle a juré ses grands dieux que ce serait super, une maison de filles, que ma part de loyer ne serait pas du luxe en complément de la pension alimentaire de son « enfoiré d'ex-mari ». Le dernier week-end d'octobre, j'emménageais au 10 lieu-dit « Tartares » à Nérac. Cela a fait un an, il y a quelques jours.

7 h 41. Il fait froid pour un mois de novembre, je pousse le chauffage au maximum afin d'essayer de dégager le plus de verglas possible du pare-brise. J'entends la voix de mon père : « Il faut toujours prendre le temps de faire préchauffer le moteur ! », sauf que, là, je ne peux absolument pas. Donc je gratte un peu avec le boîtier du CD de U2. Bono ne m'en voudra pas.

7 h 43. Je roule dans un brouillard à couper au couteau, cela sent la bonne journée pourrie, ça. Enfin, je suis partie, ce n'est déjà pas mal, mais j'espère que les élèves ne vont pas se tirer avant que je sois là. Ce n'est pas gagné, cette affaire !

J'ai beaucoup de chance avec mes élèves cette année, les littéraires sont une cuvée prometteuse, je vise quelques mentions. Les scientifiques m'effraient toujours, c'est certainement dû à mes traumatismes adolescents de cours de maths et de physique où j'avais l'impression d'être propulsée dans une classe coréenne. Ceux de cette année sont plutôt sympas, même s'ils considèrent que la philosophie leur est aussi utile qu'un maillot de bain en Antarctique. À vrai dire, ils me font beaucoup rire. C'est déjà pas mal.

L'an dernier a été un peu plus délicat. Des élèves dissipés et, dans la plupart des classes, je remarquais que la mayonnaise ne prenait pas. *Ça se dit encore, cette expression ?* Ou bien était-ce moi qui me faisais des idées et qui avais du mal à m'adapter au lycée de province ? Je ne pense pas, car mes collègues pensaient la même chose. Laurent, professeur d'histoire-géo, a une théorie selon laquelle c'est une année sur deux. Je traduis : petits cons, braves gosses, petits cons, braves gosses, etc. Autant savourer celle-ci, alors. Il n'empêche qu'à dix-sept ans tu attends ton prof cinq minutes, six maximum, et tu te casses, bon élève ou pas. On l'a tous fait, non ?

7 h 52. Cela devrait passer, le temps de me garer, 8 h 10, au pire, je suis devant la salle. À la radio, Manu raconte qu'il a entendu parler d'un mec qui n'a jamais pissé debout de sa vie. Jamais. Il trouve ça hallucinant, moi aussi. Le monde est peuplé de gens étranges. Mais qu'est-ce que…

7 h 53. BAM.

Je sens mon estomac monter irrémédiablement dans ma gorge. J'ai la nausée. Et cette odeur âcre qui me brûle les yeux. J'entends la ceinture enfoncer ma clavicule dans un craquement. Je suis sonnée par l'uppercut que l'airbag fait subir à mon nez. Il fait froid, j'ai froid. Manu ne parle plus. Mes oreilles sifflent tellement que je pourrais hurler. Toujours cette odeur âcre. Je ne comprends plus rien, je ne sais plus où je suis, j'ai mal. Je porte ma main à mon nez, elle est inondée de sang. Je découvre à ce moment le bus face à moi que je n'avais pas vu avant. Je distingue, malgré mes paupières de plus en plus lourdes, des gens courant vers moi. J'ai froid. J'ai sommeil. Je m'endors.

Et je n'avais pas vu le bus

3

— Tu crois qu'elle nous entend ?

Louloune... Oui, je t'entends. Louise...

— J'sais pas, son père me disait hier qu'elle bouge un peu parfois, mais ce sont ses nerfs qui réagissent.

Juju, tu parles de moi ?

— Tu crois vraiment qu'elle va se réveiller ?

Mais je suis réveillée ! Mais qu'est-ce qu'ils ont, ces deux tordus ? Par contre, je suis extrêmement fatiguée, je n'arrive même pas à ouvrir les yeux... Je repars. Ciao les gars.

— Chérie, madame Pavent m'a apporté de jolies tulipes, je les pose ici. Elle sait que tu les adores. Attends, je vais plutôt les mettre sous la fenêtre, je voudrais qu'elles tiennent quelques jours au moins. Papa viendra ce soir, il a fait un saut à la maison aujourd'hui pour ouvrir un peu et récupérer le courrier. Je te trouve meilleure mine ce matin, ma puce. Camille et Thomas reviendront te voir demain, mais tu sais, avec le petit, ce n'est pas évident. Ah, j'allais oublier, des élèves sont venus te déposer des lettres, je vais te les lire…

Maman, j'ai mal à la tête, ne parle pas si fort. Et madame Pavent, sérieusement ? Elle ne me dit jamais bonjour quand je la croise dans le lotissement. Vas-y, lis-moi les lettres. Dépêche-toi avant que je ne me rendorme.

— Bonsoir monsieur, madame, je ne vous avais pas vus derrière la porte.

— Bonsoir docteur, comment allez-vous ? entendé-je mon père dire par-dessus mon épaule.

— Bien, merci monsieur Tricani. Alors voilà, j'ai les derniers résultats des examens de votre fille. Elle se situe dorénavant plutôt bien sur l'échelle de Glasgow, cela dit nous allons avancer progressivement afin d'éviter un retour à la conscience trop précoce. Sommes-nous d'accord sur ce point ?

Je ne comprends rien à ce qu'il raconte, celui-là, l'échelle de quoi ? Papa, explique-moi. Demande-lui de parler dans notre langue, merde !

— Nous vous faisons une entière confiance, docteur, vous êtes formidable avec notre Léona, dit ma mère en se mouchant bruyamment.

Papa ? Explique-moi !

Ils m'ont fait des dessins ? À dix-sept ans, on fait encore des dessins à quelqu'un qui est à l'hôpital ? Étrange génération. La clarté de la pièce me brûle la rétine, mais j'ai envie de tout voir. Comme si je venais de naître. Comme si je découvrais le monde pour la première fois. Bon, une chambre rose pâle remplie de fleurs et de dessins, j'ai plutôt l'impression qu'ils ont essayé de m'enterrer. Je tente de bouger un peu la tête vers la droite pour regarder par la fenêtre. Aïe, merde. Aïe ! Ils m'ont foutu des fils partout, les mecs, je ressemble à Pinocchio !

Je suis seule, je ne sais pas si le jour se lève ou bien si la nuit tombe. Sur le drap qui me couvre, je peux lire que je suis au CHU d'Agen. OK. Va savoir si je suis là depuis longtemps. Après une inspection minutieuse de la chambre, j'aperçois le bouton rouge suspendu à un cordon au-dessus de moi. Lorsque l'on m'a opérée des amygdales, je me souviens qu'il fallait y appuyer pour appeler les infirmières. Le défi de mes prochaines heures va être d'arriver à lever le bras pour l'atteindre. Je suis en finale de « Koh-Lanta », j'ai gagné toutes les épreuves d'immunité, je suis sur les poteaux, je peux le faire. Mais, surtout, je suis vivante.

Je tire de toutes mes forces, autant dire qu'un enfant de treize mois s'en sortirait mieux que moi, afin de tendre ma main au-dessus de ma tête. Je suis en nage, pourtant je n'ai pas vraiment l'impression d'avoir mal quelque part, mais je dirais que mes muscles ne coopèrent pas. Je suis tout à fait consciente de n'avoir jamais été très « maternelle » envers eux, ils n'ont effectivement aucun service à me rendre, mais tout de même. Les mecs, si je promets de vous emmener une fois par semaine ne serait-ce que faire une promenade en plein air, vous accepteriez de me filer un coup de main ? Non… On ne peut pas m'en vouloir d'essayer. Il va falloir que je me rende à l'évidence, je n'atteindrai jamais le bouton rouge. Adieu les 100 000 euros promis au vainqueur. Calme-toi, Léo, tu n'es pas plus conne qu'une autre, tu vas trouver une solution. Ou alors tu attends. Quelqu'un va bien finir par venir te voir à un moment ou à un autre.

Je tourne la tête vers la table de nuit et je regarde les objets qui y sont posés. Le vase est rempli de tulipes rouges qui commencent un peu à faire la gueule. Le téléphone d'un autre temps fait le malin, car il est hors de portée pour moi. Il y a un petit carnet avec un stylo par-dessus, je suppose qu'il appartient aux infirmières ou aux médecins pour noter quelques informations. Et, soudainement, l'esprit de MacGyver entre en communion avec le mien. De ma main droite, je saisis le stylo, le passe habilement dans la gauche. Effort de ouf, je suis crevée. Avec celle-ci, je l'enroule dans le fil derrière moi et je tire. Merde, ça coince ! Je tire un peu plus. J'ai gagné, le boîtier rouge tombe sur mon oreiller. Tandis que j'appuie comme une débile sur le bouton, Denis Brogniart annonce ma victoire.

4

— Tu es bien installée ? Je vais te rallonger un peu, je te trouve trop assise. Je ne pense pas que le médecin serait d'accord pour que tu sois déjà dans cette position. Écoute, on va sonner pour demander.

— Ça va, Maman. Je suis bien comme ça !

Elle me fatigue comme pas possible. Ils ont dit que je ne sortirai pas avant la fin de la semaine prochaine et j'ai compris pourquoi les fenêtres étaient bloquées. Encore dix jours dans dix mètres carrés avec ma mère, je pourrais très bien sauter, oui. Elle est arrivée le soir même, je pense que j'avais à peine appuyé sur le bouton qu'elle était déjà dans la voiture. Après, je n'ai pas d'enfants, mais je comprends. Ceci dit, cela fait maintenant quatre jours et elle ne quitte plus la chambre. Il va falloir que je trouve un moyen de la faire dégager, parce que, si elle continue à vouloir me masser les pieds, je sens que je vais retomber dans le coma.

— Tu as subi un traumatisme crânien important, tu as eu deux vertèbres fracturées plus la clavicule, le sternum…

— Je sais, Maman, je sais. Mais regarde-moi, je me sens bien. Même le médecin t'a dit que j'étais sortie d'affaire. Je suis grande, je sais très bien m'occuper de moi-même.

— Que tu dis, bougonne-t-elle en ouvrant les rideaux.

— Arrête, ne les ouvre pas autant, je ne vois plus mon écran.

Je vais péter une durite.

— Et tu ferais mieux de fermer un peu cet ordinateur…

Zen.

Cela fait maintenant presque une semaine que je me suis réveillée et je suis enfin autorisée à sortir de ma chambre. Non, non, je ne rentre pas encore chez moi. Tu parles. Mais, aujourd'hui, je vais descendre déjeuner à la cafétéria avec Louise et Juju : j'ai l'impression d'avoir seize ans et, enfin, l'autorisation d'aller en boîte pour la première fois. À pas de RoboCop, je me traîne jusqu'à la salle de bains pour tenter de rendre ma tête un peu plus humaine. Un mois sans voir la lumière du jour, t'as le teint gris jaunâtre, les cernes, je ne t'en parle pas, mes sourcils n'ont pas vu de pince à épiler depuis trois siècles, mes cheveux sont plus approximatifs qu'ils ne l'ont jamais été. Tout va bien. Non pas que je m'attende à rencontrer l'homme de ma vie dans le hall de l'hôpital, mais je ne peux pas me résoudre à descendre comme ça tout de même.

Je fais partie de ces personnes qui ne sortent jamais sans maquillage. Sans mascara, j'aurais l'impression de sortir à poil. Pourtant, j'envie énormément les filles qui le font, mais je sais pas, je ne peux pas. Je vais faire un effort surhumain, me mettre les cheveux derrière les oreilles, un coup de blush sur les joues et basta. Mais je souffre intérieurement.

— Léo, t'es où ? demande une voix familière.

— Dans la salle de bains, répondé-je à Louise.

— Je vais chercher ton fauteuil dans le bureau des infirmières, je reviens, OK ? me hurle-t-elle derrière la porte.

— Non, non, Louloune, je marche, c'est bon ! Louloune ?

Merde, elle est déjà partie.

Tu peux à peine te bouger dans ta chambre, tu penses que tu vas traverser tout l'hôpital ? Pff...

— Louloune ? C'est toi ? questionné-je dans le vent.

J'ouvre la porte de la salle de bains, me déplace en clopinant et balaie la chambre du regard. Louise n'y est pas. J'aurais pourtant juré entendre quelqu'un parler.

— Le carrosse de madame est avancé ! me lance ma camarade qui surgit comme un beau diable.

— Tu es là depuis longtemps ?

— Tu veux dire... quoi ? À l'hôpital ou dans ta chambre ? me demande-t-elle d'un air inquiet.

— Laisse tomber, dis-je pour ne pas passer pour plus atteinte que je ne le suis. On y va ?

— Tu es sûre que tu vas bien ?

J'ai trop mangé à midi, les meilleures frites-mayo au monde ! OK, je ne suis pas vraiment objective, mais les soupes à l'eau et les purées de je-ne-sais-quoi qu'on me sert à tous les repas, je n'en peux plus. Je rêve d'une raclette, en fait. Voilà ce que je voudrais.

Juju n'était pas dans son assiette à midi, sans mauvais jeu de mots. Juju, c'était le meilleur pote de Louise avant que je ne me greffe à leur duo pour en faire un trio. Ce trentenaire au cœur aussi grand que ses jambes sont longues, ce qui n'est pas peu dire, officie en tant que concierge au lycée. Le problème est que sa copine n'a pas appelé depuis trois jours, ce qui pour lui est gage de fin de relation. Elle est partie pour un stage de dix-huit mois aux États-Unis, mais je n'ai jamais compris dans quoi elle travaille exactement. Ils se sont promis au départ de s'appeler tous les jours, que la distance ne changerait rien et n'altérerait pas leurs sentiments, bla, bla, bla. Louise et moi n'y croyons pas une seconde, on essaie, sans lui mentir, de le rassurer sur la pérennité de son histoire. Bon, si, on lui ment en fait. Si vous connaissiez la copine de Juju, vous penseriez pareil. C'est une bombe. Bombe plus accent français plus stagiaire dans un milieu de mecs, on sait tous pertinemment ce que cela va donner. Donc ce pauvre Juju n'a pas eu de nouvelles depuis trois jours.

— Elle va t'appeler, ne t'inquiète pas, lui ai-je menti.

— Mais c'est sûr ! Elle doit avoir vachement de travail, tu imagines toujours le pire, toi ! a ajouté Louise en grimaçant à mon attention.

— Je ne sais pas, je vais attendre, on verra bien ; de toute façon, je n'ai pas d'autre choix, elle ne répond pas à mes appels, a-t-il fait sans quitter son iPhone des yeux.

Le repas tout entier fut dédié à la copine de Juju et j'ai adoré. Cela m'a sortie de l'hôpital, je me suis sentie revivre, à la maison, avec mes amis et leurs problèmes existentiels.

— Bonsoir mademoiselle Tricani, comment allez-vous ? me demande mon médecin en entrant sans frapper dans la chambre.

— Bonsoir docteur, très bien, merci, lancé-je d'un franc sourire.

— J'ai une bonne nouvelle : vous sortez demain.

Ce serait déplacé de l'embrasser, non ?

— C'est vrai ? Je suis tellement contente !

— Je compte sur vous pour être prudente en revanche, ajoute-t-il en me prenant la tension.

Si j'avais pleine possession de mon corps, je danserais le twerk sur mon lit. Je le fais mentalement, du coup. Le médecin m'adresse un hochement de tête avant de me préciser qu'il reviendra dans quelques minutes avec une ordonnance.

Enfin, on va pouvoir se barrer de cet endroit !

Qui a dit ça ?

— Qui a dit ça ? Il y a quelqu'un ?

D'instinct, je regarde en direction de la porte, mais elle est toujours fermée depuis le départ du médecin. Tu vas voir qu'avec la chance que j'ai, un vieil Alzheimer est venu se réfugier dans ma salle de bains. Pas très rassurée, je me lève et m'approche discrètement de la porte.

— Est-ce qu'il y a quelqu'un ? osé-je timidement.

Sans réponse, je baisse lentement la poignée et tire la porte vers moi. Je me rends compte de la débilité de la chose, s'il y a effectivement une personne âgée dans mes toilettes, elle ne va pas me manger, la pauvre.

Je ne croyais pas si bien dire ! Je fais un bond en arrière et me retrouve collée au mur en découvrant une vieille dame assise sur la lunette des W-C. Elle me regarde, le sourire aux lèvres, et se lève d'un bond.

— Bon sang, madame, vous m'avez fichu une de ces trouilles ! Mais enfin, qu'est-ce que vous faites ici ?

— N'aie pas peur, Bambina, me répond-elle en s'approchant.

Ce visage. Bambina... Soit je ne suis pas remise et je vais devoir rester encore quelques jours ici, soit l'enfermement me rend vraiment folle et il faut au contraire que je rentre au plus vite chez moi. Je n'ose même pas m'avouer que je pense savoir qui est cette dame. Là. Devant moi. Ce visage, ces yeux, je ne les ai pas vus depuis si longtemps, mais je les reconnais, je suis sûre. Non, non, attends, calme-toi, reprends tes esprits.

— Bambina, ça va ? me demande la vieille dame.

— Aaahhh !

Je recule sans prêter attention à ce que je fais et je tombe à la renverse sur mon lit. Ma clavicule me fait un mal de chien, mais la douleur n'est rien à côté de la terreur qui m'envahit. Allez, je me calme, je compte jusqu'à trois, j'inspire bien fort. Un. Deux. Trois. J'ouvre les yeux. Putain ! Elle est toujours là !

— Mamie ?

— Bonjour, ma chérie.

Et Mamie a foutu le bordel

5

— Léo, tu veux que je te prête mon coussin Minnie ?

— Non, mon cœur, tu es mignonne, merci.

Tess est aux petits soins avec moi, elle est si adorable, cette gamine. Elle est l'enfant que toute femme rêverait d'avoir, avec ses grands yeux bleus et ses adorables bouclettes brunes relevées en une queue-de-cheval. Tess n'est pas plus haute que trois pommes, mais possède déjà la repartie de Nora Hamzawi.

Depuis que je suis rentrée, elle ne me lâche pas d'une semelle, elle ne veut même pas aller à l'école. « Mais si elle tombe pendant qu'on n'est pas là ? » Oui, bon, on ne va pas m'installer une « présence verte » quand même. Mais si, vous savez, ces petits boîtiers que l'on confie aux personnes âgées afin qu'elles n'aient plus qu'à appuyer sur un bouton pour prévenir les secours en cas de chute ?

Tess a dit à son père et sa belle-mère – Louise a horreur que je prononce ce mot, parce que, dans

« belle-mère, il y a mère, et cette pétasse est tout sauf sa mère, OK ? » –, bref, elle leur a expliqué :

— Eh bien, Léona, elle est rentrée dans un bus, avec plein d'enfants dedans et même qu'elle aurait pu tous les tuer, mais elle en a tué aucun. Par contre, elle a cassé sa voiture et elle n'a pas de sous pour en acheter une autre. Puis, elle est restée lonnnnggteeemps à l'hôpital parce qu'elle était endormie comme Aurore, tu sais, la princesse de *La Belle au bois dormant* ? Mais elle n'avait pas besoin d'un bisou pour se réveiller, de toute façon elle n'a pas d'amoureux. Alors, après, elle est rentrée à la maison et c'est moi qui lui fais à manger, je lui mets aussi ses chaussures, parce que tu sais, je sais faire les lacets maintenant…

Donc, le père est venu, normal, nous préciser que sa fille n'était pas mon aide à domicile. Louise était furax, ils se sont engueulés comme des chiens galeux, devant moi, évidemment. C'est toujours un bonheur.

— Tu ne comprends rien, mon pauvre Éric ! Ta fille a six ans ! Lorsqu'elle gagne aux sept familles, elle se prend pour Johnny Chan pendant une semaine ! Dis-lui, toi, Léo, hurla Louise en faisant de grands gestes.

— Euh…

J'adore quand elle me prend à témoin devant son aimable ex-mari, qui me considère comme une squatteuse irresponsable.

C'est à ce moment précis que Mamie est revenue. Depuis ma sortie d'hôpital, je ne l'avais pas revue, je pensais même avoir disjoncté et que rien de tout cela n'était réellement arrivé. Elle m'avait dit qu'elle était heureuse de me voir, puis était retournée dans les toilettes, puis, plus rien. Le lendemain matin, j'étais persuadée d'avoir halluciné, basta. Mes parents sont venus me chercher, ils m'ont ramenée chez moi où tout le monde m'attendait. Comprenez, Juju et Louise. On a dîné, ri, ils ont bu, moi, je n'en avais pas encore le droit. Puis la vie a repris son cours, normalement.

Le dimanche soir suivant, le père de Tess est venu la raccompagner à la maison. On en était là. En plein esclandre.

— Je connais ma fille, Louise ! Je n'ai pas besoin de l'avis de ta copine, me balança-t-il avec dénigrement.

Non, mais c'est qui, ce con-là ?!

La voix que j'entendis dans mon dos me glaça les veines. Je compris immédiatement, cette fois-ci, que je ne rêvais pas : elle était bien là. Ma grand-mère, Lina Tricani, la mère de mon père, cette même Mamie qui me faisait rire aux éclats, que l'on ne voyait pas beaucoup à la maison, mais dont je me souviens parfaitement de l'odeur. L'odeur si délicate de son parfum que je n'ai jamais osé prendre sur la table de nuit lorsqu'elle dormait chez nous. Pourtant, je l'ai regardé des milliers de fois, ce flacon. Cette femme charismatique et intrigante qui rendait mon père d'une humeur épouvantable lorsqu'il apprenait qu'elle arrivait. Cette femme qui disait de ma mère qu'elle n'était pas féminine, mais qu'elle était une excellente maman. Celle-là même qui draguait ouvertement monsieur Castaing pendant que sa femme partait au marché. Je me souviens précisément de tous ces détails et, plus encore, je me souviens de mon père qui tentait de dissimuler ses larmes en se cachant dans le cabanon le jour de sa mort.

Le 12 avril 1997.

J'avais treize ans.

6

Peut-être que, si je ferme les yeux très très fort et assez longtemps, elle disparaîtra. Voilà ce que je me suis dit lorsqu'elle s'est immiscée dans la dispute entre Louise et son ex. Mais cela n'a pas fonctionné : dès que je tournais la tête en direction de la cuisine, elle était là, accoudée au bar, à bougonner et faire de grands gestes.

— C'est le père de la petite, ce gugusse ? me demanda-t-elle en désignant Éric de ses longues mains manucurées.

Je me suis levée pour rejoindre ma chambre et essayer de fuir cette situation complètement rocambolesque. Les deux autres, trop occupés à s'étrangler par les mots, ne me virent pas partir. Mamie si.

— Non, mais qu'est-ce que c'est que ce délire ? Je deviens cinglée, c'est pas possible ! dis-je à haute voix en refermant la porte derrière moi.

— Pas du tout, ma chérie. Je te trouve même plutôt en forme pour quelqu'un qui vient de se manger un bus !

Je fis volte-face et découvris Mamie assise sur ma chaise de bureau.

— Dis donc, t'en as un fichu bordel sur cette table ! Je ne sais pas comment tu t'y retrouves !

— Mamie… Mais ce n'est pas possible.

Assise sur le lit, je pris ma tête entre mes mains, puis me frottai les yeux. Essayant de trouver un sens à quelque chose qui n'en avait pas, je regardai à nouveau vers elle.

— Je ne comprends rien à ce qui se passe ici.

— Ah ça, Bambina, ne m'en parle pas, je n'y comprends foutrement rien non plus, me répondit-elle en soulevant des copies qui traînaient sur mon bureau, t'as pas une cigarette, par hasard ?

— Je ne fume pas. Mais, putain, je parle sérieusement à ma grand-mère décédée ?

— Tu devrais, ça te détendrait, me balança-t-elle en se levant tout en balayant la pièce du regard. Donc, tu vis ici ? C'est sympa, cet endroit, elle a du goût, la cocue !

À ce moment-là, j'entendis la porte d'en bas claquer brusquement et Louise entra comme une furie.

— Non mais quel connard, celui-là, je te jure !

Lundi, je reprends mon poste au lycée et il me tarde vraiment. Les journées sont longues, seule dans cette grande maison, enfin, seule… Mamie est toujours là, elle vient et va, arrive et repart, balance quelques réflexions. Je n'ai toujours pas saisi ce qu'il se passe, mais je commence à m'habituer à cette présence particulière qui fait irruption quand bon lui chante et disparaît sans prévenir.

— Léo ? T'es là ?

— Oui, Juju, entre ! J'arrive !

Juju n'a pas fait les choses à moitié pour notre soirée. Nous avons prévu de célébrer ma résurrection dans la vie nocturne agenaise. D'un bras, il porte trois boîtes de pizza, de l'autre un sac rempli de bouteilles de vin de Buzet et de pots de Häagen-Dazs.

— Cela devrait faire l'affaire ! me dit-il en posant lourdement tout son chargement sur le bar. T'as meilleure mine de jour en jour, toi, ma Léo ! ajoute-t-il en m'embrassant sur la joue.

— Merci, répondé-je en rangeant la glace dans le congélateur.

Pourtant je me trouve affreuse, mes cheveux sont filasse, mon teint est encore gris, les médicaments m'ont filé une poussée d'acné, on dirait que j'ai quinze ans, impeccable. Mais il est comme ça, Juju, toujours un mot sympa. C'est un vrai gentil, comme il y en a peu. Il en a chié, le pauvre. Il s'appelle Justin Brignoux. Imaginez son enfance, pauvret ; maintenant imaginez son adolescence : il en a entendu des vertes et des pas mûres ; en plus il est grand et sec, donc les moqueries, ça fusait !

— Teh ! La grande saucisse mange ici ce soir ?

— Mamie !!! Ne commence pas ! murmuré-je discrètement.

— Tu m'as parlé, Léo ? me questionne Juju en allumant le four.

— Non, non, je me disais que tout ça me donne vraiment faim, dis-je en lançant un regard noir à ma grand-mère qui se fend la poire allongée sur le canapé.

— Il va encore nous gonfler avec son Américaine, ajoute Mamie en nous regardant nous affairer en cuisine.

— Tu sais, on a fait un FaceTime hier soir, j'ai eu l'impression de la faire chier. Je ne sais pas, elle change, je le vois bien, se plaint Juju en débouchant le Baron d'Ardeuil.

— Et voilà ! Le pleurnicheur est de retour.

Regard assassin vers ma grand-mère qui singe Juju en train de geindre et de grimacer. En même temps, elle le fait tellement bien que cela risque d'être dur de retenir mon fou rire.

— Dis-lui qu'il nous gonfle avec cette fille, qu'elle ne reviendra jamais ! Il est complètement bêta, ce saucisson, pour ne pas comprendre qu'elle s'est trouvé un Amerloque qui s'occupe de sa flore vaginale !

Je m'approche en douce du canapé et tente de la remettre à sa place :

— Mamie, s'il te plaît, garde tes commentaires, je t'ai déjà dit que ça me perturbait.

— Faut bien que quelqu'un lui dise la vérité à ce pauvre garçon, me chuchote-t-elle en retour comme si quelqu'un d'autre que moi pouvait l'entendre.

— LÉO !!! hurle Tess en se jetant dans mes bras.

Ma clavicule n'a qu'à bien se tenir.

— Bonjour mon petit cœur, vite un gros bisou, je suis en manque !

Louise jette son sac sur ma grand-mère et fait le tour pour venir nous embrasser.

— Salut les jeunes, je suis crevée… Tess, enlève tes chaussures !

La petite fille s'exécute, sa mère reprend.

— Elle m'a fait faire tous les magasins pour trouver des billes qui ne soient pas des « yeux de chat », parce que sinon personne ne voudra jouer contre elle. Donc on a passé deux heures, un samedi aprèm, à courir pour trouver ces trucs qu'elle va perdre contre les CM2 dès lundi matin. Je suis ravie.

— Ils jouent encore aux billes, les gamins ? me demande Mamie en fouinant dans le sac de Louise.

— Tess, monte te laver les mains, on va passer à table, ordonne sa mère.

Tandis que Juju nous sert un verre de vin, Louise s'attelle à découper les pizzas et je prépare la table. Tess dévale les escaliers à toute vitesse et se plante devant moi.

— Tu peux me mettre *Raiponce* ?

— Avec un mot magique, je te le mets avec plaisir, répondé-je à la petite.

— Un « mot magique », ça existe toujours, cette expression ? pouffe Mamie.

Depuis le salon, j'entends Juju parler de sa copine et je vois Louise hocher la tête sans prêter attention à ses paroles.

J'ai bu deux verres, je suis explosée. Quelques semaines sans alcool, ça te purifie le métabolisme, mais, après, il faut reprendre depuis le jour où tu buvais en cachette ce que tu trouvais dans le placard de ton père avec les copines.

Louise a couché Tess, du moins je pense, et la conversation s'oriente naturellement vers ses histoires de cul.

— Depuis le mec que j'ai rencontré à Armandie cet été, rien, nada. Je moisis de l'entrejambe.

Amis de la poésie, bonsoir !

— Et moi, qu'est-ce que je devrais dire ? Je suis en rut à longueur de journée, huit mois qu'elle est partie. Huit mois ! ajoute Juju.

— Tu vois, avec le père de Tess, c'était pas folichon, mais au moins y avait une activité.

Louise se ressert un verre et plonge sa cuillère dans le pot de glace.

— Et toi, Léo, t'as revu le Matheux ? me questionne Juju sous les yeux intrigués de Louloune.

— Il est venu deux fois à l'hôpital, mais bon, il n'y a rien avec lui, lui dis-je en avalant d'un trait le fond de mon verre.

— Moi, je suis sûre que tu attends plus que quelques coups de kiki dans la salle des profs, glisse Louise passablement éméchée.

— Arrête de parler comme ça, tu sais que je n'aime pas ! Et je n'ai jamais rien fait avec lui dans la salle des profs.

Cela me gêne, moi, de parler crûment de mes histoires personnelles. Eux, ils sont vraiment sans filtre ; moi, je ne peux pas. Surtout devant Mamie.

Mathieu le Matheux, comme son surnom l'indique, c'est un collègue, il est prof de maths au lycée. Nous avons eu une petite aventure, mais rien de sérieux. Eh oui, il arrive de temps en temps que nous perdions encore le contrôle.

— Alors comme ça, la petite sainte-nitouche ressemble un peu plus à sa grand-mère qu'il n'y paraît. Voyez-vous ça.

Ma grand-mère me donne un coup de coude et m'adresse un clin d'œil.

La soirée s'est terminée par une crise de larmes de Louise qui pense qu'elle ne refera jamais sa vie. Juju s'est demandé si les femmes pouvaient ressentir l'abstinence sexuelle aussi péniblement que les hommes. Mamie a confirmé. Ils m'ont chambrée sur le Matheux, ont fait des blagues salaces. Je leur ai dit qu'il fallait vraiment qu'ils trouvent le moyen d'évacuer leur frustration. Mamie a émis l'idée qu'ils n'avaient qu'à le faire entre eux. Sur ces belles paroles, je suis montée me coucher.

— Alors, Tess, tu ne dors pas ?

Je me retrouve nez à nez avec la petite dans le couloir.

— Si, mais j'ai envie de faire pipi, me dit-elle les yeux collés.

— Viens, je vais t'accompagner.

Quelques secondes plus tard, je l'entends tirer la chasse d'eau.

— C'est bon, ma puce, tu as fini ? Allez, viens, je te ramène au lit.

À moitié endormie, Tess me suit jusqu'à sa chambre. Je la couche, lui ajuste la couverture et lui fais un baiser sur le front.

— Léo, m'appelle-t-elle au moment où je sors de sa chambre.

— Oui, chérie ?

— Tu sais, moi, je la trouve super-cool !

— Qui ça, mon cœur ? lui demandé-je.

— Mamie Lina.

Et on a parlé de Mathieu le Matheux

7

— J'ai vu que vous avez attaqué le chapitre sur la vérité avec mon remplaçant, c'est bien ça ? demandé-je à mes élèves.

— Ben, la vérité, madame, c'est qu'il était bidon, votre remplaçant !

La classe éclate de rire, je souris également.

— Merci Maël, je me garderai bien de lui transmettre ton opinion. Reprenons donc, je vous ai sorti un texte de Platon, extrait du *Ménon*, un dialogue qui dit, en gros, que si nous savions ce qu'est la vérité, nous n'aurions donc pas besoin de la rechercher. Je vous laisse le lire dans un premier temps.

J'observe le silence de leur lecture et me rends compte qu'ils m'ont sacrément manqué, ces petits couillons. Dans moins de quatre mois, ils passeront le baccalauréat et je m'en veux d'avoir perdu de précieuses semaines sans eux. Je m'en veux d'autant plus qu'en philo nous n'avons qu'une année pour les préparer à une épreuve décisive, du moins en ce qui concerne les classes littéraires. Je pense leur proposer d'ajouter une heure de cours par semaine jusqu'aux prochaines vacances, peut-être seulement pour ceux qui en éprouvent le besoin. Idéaliste jusqu'au bout des ongles.

— Fumisterie tout ça ! Pauvres gamins ! Combien de temps par semaine ils doivent se farcir tes conneries ?

Je sursaute sur ma chaise en découvrant Mamie penchée au-dessus de mon épaule, visiblement en train de lire le texte de Platon. Je la regarde et lui fais signe de partir, on avait fait un deal ensemble : pas en classe ! Je ne veux pas d'elle dans mon cours. Elle est déjà omniprésente à la maison, elle se mêle de tout et me fait passer pour une débile profonde devant Louise qui est persuadée que je parle toute seule.

— Je reste un peu, je me mets au fond, je ne prononce pas un mot. Promis.

— Non, va-t'en ! menacé-je.

J'essaie de chuchoter, mais Laura, au premier rang, me dévisage, incrédule, par-dessus ses lunettes. Je lui adresse un rictus et me replonge dans mon texte en poussant Mamie pour qu'elle s'éloigne de mon bureau.

Heure de cours interminable, elle a donné son avis sur tout, s'est moquée de Clément qui a un cheveu sur la langue, de Valentine qui essaie de faire des métaphores ridicules, elle a ri aux éclats aux vannes de Mourad. Je suis épuisée. Je ne sais pas combien de temps tout cela va encore durer, mais je prie pour qu'elle reparte d'où elle est venue. C'est-à-dire, je ne sais absolument pas d'où ! Je comprends tellement pourquoi mon père ne voulait pas qu'elle vienne chez nous, elle est insupportable. Le pire, c'est que Tess la voit exactement comme je la vois. La petite trouve cela génial : à six ans, elle ne se pose aucune question sur cette vieille qui entre et sort de sa maison. Elle l'appelle Mamie Lina, comme ma grand-mère le lui a demandé, elle lui apprend à jouer à Blokus dans sa chambre, Mamie s'énerve parce que Tess triche. Normal.

Un soir, Tess est descendue en pleurant nous rejoindre dans la cuisine pendant qu'on faisait la vaisselle :

— Maman, j'en ai marre, Mamie Lina, elle fait que dire que je place pas bien mes pions et que je le fais exprès pour gagner !

— Oh, elle n'est pas gentille ! Dis-lui que Maman va monter si elle ne se calme pas ! ironisa Louise.

J'ai manqué de m'ouvrir la carotide avec l'épluche-légumes.

— Lorsque j'ai perdu Boubou, mon ours, quand j'étais petite, j'en avais inventé un. Je me le traînais partout jusqu'à ce que ma mère m'en achète un autre. Mais là, ma fille, elle s'invente une vieille ! Je ne vais pas aller en voler une à la maison de retraite ! me balança Louise en essuyant un verre.

— Non, effectivement.

Si elle n'était pas déjà morte, je l'aurais étranglée.

Installée avec mes écouteurs dans les oreilles, je prépare mes cours de l'après-midi dans la salle des profs tandis que je sens une présence derrière moi.

— Mamie, lâche-moi un peu ! dis-je en me retournant.

— Mamie ?

— Oh, Mathieu... Euh, désolée. Ça va ?

Putain, il fallait que ce soit lui, forcément. Il s'installe face à moi et me sourit de ses magnifiques dents.

— Je t'offre un café ? Je ne savais pas que tu reprenais aujourd'hui, fait le Matheux en dévoilant son sourire Ultra Brite.

Sans attendre ma réponse, il se dirige vers la machine et pose deux tasses.

— Comment tu te sens ? En tout cas, je te trouve magnifique, l'entendé-je déclarer derrière le vrombissement de la cafetière.

— C'est gentil, je te remercie. Je vais bien, je suis contente d'être de retour.

Là, cela ne se voit pas, mais j'ai chaud et j'ai beaucoup de mal à articuler correctement. Je ne comprends pas pourquoi il me fait ça, il est pourtant tout ce que je n'aime pas ! C'est un scientifique, cartésien, instable, qui vient me voir quand bon lui chante et ne donne pas de nouvelles pendant des semaines par la suite. Mais il est encore plus beau que Brad Pitt dans *Seven*, pourtant c'est la base, il faut le faire. Et peut-être que, inconsciemment, le fait qu'un gars comme lui puisse s'intéresser... à moi, ça me fait perdre toute notion de rationalité.

Quand je suis arrivée à Agen, je l'ai repéré assez rapidement. À la cantine, un midi, il m'a demandé s'il pouvait prendre mon dessert.

— Tu le veux, ton flan ? Je veux dire, je vois que tu l'as mis en dehors du plateau. Souvent ce type de langage corporel signifie que tu n'as pas l'intention de le manger. Je me trompe ?

Il ne se trompait pas, je déteste le flan.

— Tu as raison, je n'aime pas ça, prends-le. *Par contre, j'adore ta bouche, si tu veux goûter la mienne, je suis d'accord aussi.*

Bon, ça, je ne le lui ai pas dit.

Durant quelques jours, je l'ai cherché du regard dans les couloirs, je pestais de le voir se marrer avec la connasse de secrétaire du proviseur. Toutes les pionnes se battaient pour aller dans sa classe. Salopes. Jusqu'au jour où je suis entrée dans la salle des profs et qu'il y était. Il m'a adressé un sourire à te couper les jambes et m'a invitée à m'asseoir avec lui.

— Léona, c'est ça ? Je suis Mathieu, prof de maths, s'est-il présenté.

— Je sais. Euh, je veux dire, appelle-moi Léo. *Conne, conne…*

— Il faut que je t'avoue quelque chose, Léo. Je dois te le dire maintenant parce que si quelqu'un entre je ne le ferai jamais et je ruminerai jusqu'à la fin de ma vie. Je sais que tu n'as pas cours à cette heure-là et que tu viens ici préparer tes copies.

Trois minutes plus tard, sa langue était dans ma bouche. Quelques jours plus tard, il fermait la salle à clé et entrait en moi. Sur la photocopieuse. Ne le dites jamais à personne, surtout pas à Louise ! Même si elle en est déjà persuadée. Merde, il ne faudrait pas qu'il y ait des caméras dans cette salle.

— Tiens, fais attention, il est brûlant, me conseille-t-il en déposant les tasses sur la table.

— Merci, fais-je en essayant de ne pas croiser son regard.

— Moi, cette salle, je la trouve torride depuis quelques mois, pas toi ? me demande-t-il d'un air entendu en passant une main dans mes cheveux.

— Laisse tomber, Mathieu, ça ne marche pas à tous les coups, ton plan, lui dis-je en me levant.

Non mais pour qui il se prend, celui-là ? Il pense peut-être qu'il lui suffit de quelques mots gentils et d'un café pour arriver à ses fins ? Je ne marcherai pas cette fois-ci, je suis forte et indépendante.

Il se lève, me prend par la taille et m'embrasse dans le cou. Je ne pense plus qu'à une seule chose, que ses lèvres remontent jusqu'à ma bouche. Je suis faible. Et dépendante.

8

— Mais qu'est-ce que c'est que cette façon de s'habiller ? Avec leurs talons et leur sac à main, les gamines, on dirait qu'elles vont faire le tapin !

— Mamie, ne commence pas, dis-je en passant devant ma grand-mère qui observe les élèves dans la cour, assise sur le perron du hall d'entrée.

— Non, mais sérieusement, répond-elle en m'emboîtant le pas, ne va pas me dire le contraire, elles ont quoi, dix-sept ans ? Tu fais plouc, toi, à côté, avec tes chaussures de bowling.

— Ce sont des Converse, Mamie ! Et merci pour le compliment, de bon matin, ça fait toujours plaisir.

Ces petits bruits de talons qui me suivent partout, ça m'agace !

— Tu sais, Bambina, tu devrais couper tes cheveux, halète-t-elle à mes basques.

— Ah, ça y est, après les chaussures, la coiffure…

— Tu as la chance d'avoir de beaux cheveux blonds, mais ils sont trop longs. Tiens, regarde, la petite là-bas, celle qui ressemble à Mireille Darc, sa coupe est parfaite !

— Mireille Darc ? Tu es sérieuse ?

Je monte les marches assez rapidement afin d'arriver devant ma classe avant la sonnerie lorsqu'elle me tire par le bras.

— Chérie, écoute-moi, me fait-elle en changeant radicalement de ton, le petit mignon que tu bécotes dans la salle de travail, il n'est pas fait pour toi.

— De quoi tu parles ? D'ailleurs, qu'est-ce que tu en sais, hein ? Tu me files au train depuis quelques semaines seulement et tu penses pouvoir donner ton avis sur tout ?

Je sens ma voix s'élever, il faut que je parle moins fort : si quelqu'un me surprend, il va me coller l'Inspection.

— Je dis que tu t'accroches à un guignol, c'est tout, fait-elle en croisant les bras comme une gosse vexée.

— T'as bonne mine de me dire ça ! lui balancé-je.

Je vois le visage de ma grand-mère se fermer et ses traits se durcir.

— Tu ne sais rien du tout, tu sais seulement ce que ton père a bien voulu te dire sur moi !

— Détrompe-toi, mon père ne m'a jamais rien dit. Il ne parlait jamais de toi, jamais.

Mes mots sont peut-être sortis trop vite de ma bouche, je ne voulais pas lui dire ça, mais c'est trop tard. Une larme coule sur sa joue, elle l'essuie avec sa veste, baisse la tête et s'enfuit sans que j'aie eu le temps d'ajouter quoi que ce soit.

Je n'ai jamais connu mon grand-père, Carlo Tricani. Il est décédé en 1966, mon père avait douze ans. Après la Seconde Guerre mondiale, des cousins de mon grand-père entendirent parler de possibilités de rejoindre le sud-ouest de la France afin d'y travailler dans les terres. Il proposa à sa jeune épouse, Lina, de le suivre et ils décidèrent de tenter leur chance ici. Ils atterrirent à Saubens, en Haute-Garonne, où de nombreux immigrés vivaient déjà et travaillaient pour la ferme familiale. Ils eurent deux enfants, Matteo, mon père, et Gino. Puis mon grand-père est mort. Ce que je sais de la suite de l'histoire, c'est que Mamie s'est remariée avec un entrepreneur qui venait régulièrement à la ferme rencontrer les patrons. Elle a embarqué ses enfants avec elle pour Toulouse avec le mari numéro deux. À la fin des années soixante-dix, elle le quitta pour s'installer avec un « gros con », comme disait mon père, qui avait fait fortune dans l'immobilier. Je me souviens vaguement de lui, mais il ne venait pas à la maison, jamais. Je devais avoir six ou sept ans lorsqu'il est parti avec une jeunette. « Bon débarras », a conclu Papa.

La relation entre mon père et sa mère a toujours été plus que houleuse. Je pense qu'il lui en voulait énormément de les avoir trimballés, son frère et lui, au gré de ses aventures. Pour la côtoyer depuis quelques semaines, je me rends compte qu'elle devait aussi avoir un caractère de chien galeux ! Elle était vachement belle, Mamie, la Monica Bellucci des années cinquante. Je sais qu'elle était très courtisée et, apparemment, elle n'était pas vraiment farouche.

Depuis qu'elle est revenue dans ma vie, je me suis beaucoup renseignée sur ce genre d'événements : la vie après la mort, tout ça... Et je me suis aperçue que je ne suis pas la seule à qui cela arrive. J'ai lu tous les livres de Stéphane Allix, j'ai regardé une quantité plus que supportable de documentaires sur l'inexpliqué et inexplicable.

J'ai l'impression d'être dans *Huis clos*, Jean-Paul Sartre aurait pu ajouter une scène et me coincer entre Garcin et Estelle. Je me demande surtout pourquoi il m'arrive cela et si je suis condamnée à passer le reste de ma vie avec elle.

Pour aider Léona, envoyez 1 au 71700.

— Eh, psstt, Léo, viens voir !

Louise entrouvre la porte de son bureau et passe discrètement la tête. Je me faufile, telle une anguille, entre le mur et la poignée et me moque de son attitude.

— Pourquoi tant de mystère et de discrétion ?

— J'ai entendu un truc, il fallait que je te le dise rapidement, chuchote-t-elle en refermant délicatement la porte. Mais je ne veux pas que les secondes me voient ouvrir le bureau, ils sont en plein questionnement existentiel sur leur avenir, ils n'arrêtent pas de venir me faire chier.

La conscience professionnelle de cette fille me dépassera toujours.

— Alors écoute bien, au distributeur ce matin, j'ai surpris une conversation entre les pom-pom girls de première ES. Figure-toi qu'elles disaient que la petite Barnier a chopé le Matheux en train de se taper la secrétaire dans la remise du gymnase ! Tu m'étonnes que tu n'aies pas de nouvelles. L'enfoiré !

Elle me sort ça tout de go, sans se douter une seconde que je lui cache mon rendez-vous secret du mardi matin de 9 à 10. Sans se douter que je prends un poignard dans l'estomac et qu'elle le tourne afin qu'il éclate bien ma rate, mon foie et ma dignité. J'ai chaud, j'ai la nausée et je pense que je vais rentrer chez moi. Il vaut mieux, car, si je le croise, il pourrait finir dans la même condition physique que Mamie et, avec la chance que j'ai, il me suivrait lui aussi.

— T'as raison, quel con, ce type ! Tu m'excuses, Louloune, j'ai vachement de boulot, on se voit à la maison ? lui expliqué-je avant de m'enfuir.

J'aurais pu faire du théâtre, je suis très bonne comédienne. Louise n'a rien vu, elle m'a poussée dehors et a refermé son bureau à clé derrière elle.

Je pense être plus vexée et humiliée qu'autre chose, parce que, finalement, au fond de moi, je le savais. Je ne pouvais rien espérer d'un mec comme lui, je vais devoir me faire une raison et accepter mon célibat jusqu'à la fin de mes jours. Je pose ma mallette sur la table du salon et traverse jusqu'à la cuisine pour faire chauffer la théière. Tout à coup, une voix me surprend depuis l'étage.

— Ça va, ma chérie ? me demande Mamie en descendant l'escalier.

— Ne me dis pas que tu avais raison, s'il te plaît, m'agacé-je en refermant brutalement le placard.

— Je ne te le dirai pas, je ne suis pas aussi méchante que tu le penses.

Des sanglots étranglent ma gorge, j'ai bien du mal à contenir l'émotion qui me submerge. Ma grand-mère s'approche et ouvre grand ses longs bras dans lesquels je me réfugie.

— Mamie, qu'est-ce qui ne va pas chez moi ? Je suis fade, ma vie est fade. J'ai l'impression d'être une pâle copie de ce que je pourrais être. Je fais les choses par automatisme, je n'ai rien qui m'appartienne, j'ai la sensation de vouloir avancer, mais que quelque chose me tire en arrière, tu vois ?

— Bambina, pleure, ma chérie, pleure. Je suis tellement heureuse de te retrouver enfin. On va pouvoir avancer maintenant.

Pour la première fois depuis mon enfance, je me sens en sécurité, rassurée et aimée, dans les bras de ma défunte grand-mère. Demain matin, 9 heures, j'attaque une psychothérapie.

— On va commencer par couper ces cheveux, d'accord ?

J'ai peut-être parlé trop vite.

Et on a gardé Tess

9

— L'enfoiré !!! Léo, descends ! Léo !!!

Mais qu'est-ce qu'elle a à hurler encore ? Louise, c'est samedi, pitié ! Je tâtonne pour trouver mes chaussons dans la pénombre.

8 h 20, mais elle ne dort jamais, cette fille ?

— Léo, viens voir ! s'impatiente ma colocataire chérie.

J'ai à peine le temps d'atteindre le bar qu'elle me prend par la main et me colle un papier sous le nez.

— S'il croit que je vais me laisser faire, il se goure, l'artiste ! Qu'est-ce qui lui prend à ce pauvre type ? Tu peux me dire, toi ?

De bon matin, elle me fait peur avec son comportement d'hystérique. Elle me reprend la lettre furieusement sans que j'aie eu le temps de la lire.

— Mais qu'est-ce qui se passe ? Explique-moi… tenté-je de la calmer un peu.

— Il demande la garde de Tess, me répond-elle en éclatant en sanglots.

Juju a relu la lettre au moins trente fois avant de s'adresser à nous.

— C'est une déclaration de guerre, Louloune, il va falloir la jouer fine.

— Merci, Juju, de tes remarques pertinentes et qui nous sont d'une grande utilité, lance Louise en faisant les cent pas dans la cuisine.

— Écoute, tu me fais venir à 9 heures un samedi matin pour une réunion de crise, je viens, sois au moins sympa, je te prie, s'emporte Juju.

— Arrêtez de vous engueuler, cela ne sert à rien, interviens-je. Louloune, tu as appelé ton avocate ?

— Oui, on se voit lundi matin, répond-elle en soufflant bruyamment dans son Kleenex.

— OK, donc d'ici là, tu te calmes, il n'y a aucune raison pour qu'il te prenne ta fille comme ça du jour au lendemain.

Mon calme et mon self-control m'étonnent toute seule.

— T'as coupé tes cheveux, toi ? me questionne Juju en me scrutant le bulbe. Ça te va bien, tu aurais dû le faire avant.

— Ma Léo, excuse-moi… Avec ces conneries, je n'avais même pas remarqué !

Louise me soulève à son tour quelques mèches, puis prend mon menton entre ses doigts.

— Juju, tu ne trouves pas qu'elle ressemble encore plus à la meuf qui jouait dans *Glee*, tu sais, comment elle s'appelle ? Tu vois, la blonde qui s'était fait mettre en cloque…

— Quinn ! proclame Juju, victorieux. Grave, bien vu Louloune !

— Vous regardez trop la télé, tous les deux, dis-je en récupérant mon visage. Achetez-vous une vie !

— Nian nian nian nian, grimace Louise.

Louise est divorcée depuis presque deux ans, j'ai du mal à comprendre que son ex se décide aujourd'hui à entamer une procédure pour demander la garde de sa fille. Il a forcément dû se passer quelque chose qui nous échappe. Son mari est revenu du bureau un soir et a annoncé à sa femme qu'il voyait quelqu'un d'autre et qu'il ne pouvait plus ignorer ses sentiments pour cette fille. Louise a eu énormément de mal à s'en remettre, apparemment on lui aurait donné le bon Dieu sans confession, à son ex. Juju m'a dit qu'il était un époux exemplaire et un papa attentionné avec Tess, il n'en revenait pas le jour où il a vu Louloune arriver en larmes à l'accueil du lycée. Ravalant sa fierté et sa colère, elle a essayé de le retenir : « On n'efface pas huit ans de mariage comme ça, Éric ! Et Tess, tu y as pensé ? », mais il avait déjà pris sa décision et a quitté la maison un soir d'été. Personnellement, je n'ai jamais apprécié ce mec et, même sans les avoir jamais connus ensemble, je trouve qu'ils ne sont pas du tout assortis. Louise est drôle, solaire, pétillante et magnifique. Il est moche, froid et con comme un plant d'asperges. Depuis quelques mois, j'avais l'impression qu'ils avaient trouvé une certaine harmonie, il venait, « bonjour », prenait la petite, la ramenait, « au revoir », ils arrivaient même à échanger quelques mots sur l'éducation et les progrès en lecture de Tess. J'aurais jamais cru qu'il nous ferait un coup pareil, le bâtard !

J'ai passé mon samedi entier à ruminer cette histoire, laissant de côté les vingt-six copies à corriger pour lundi. J'aurais peut-être mieux fait de les ouvrir, des scientifiques m'expliquant la position de Spinoza en ce qui concerne le libre arbitre m'auraient certainement rendu le sourire. Mon portable a sonné vers 17 heures.

— Léo, tu viens au stade ce soir ?

— Non, c'est gentil, Juju, mais je ne vais pas laisser Louise seule, tu comprends ?

— Elle est avec moi. Elle s'est lâchée sur la Carte bleue du coup cet aprèm, je ne te dis pas ! Heureusement que je l'ai croisée, sinon vous étiez expulsées dès lundi matin.

Juju parle toujours très fort dans le téléphone, c'est assez pénible. Remarquez, il parle fort en toutes circonstances, il doit être sourd, il faudra que je lui en touche deux mots.

— OK, j'arrive !

J'ai du mal à l'avouer, mais c'est vrai qu'ils sont mieux comme ça, mes cheveux. Petite parenthèse parce que je suis passée devant le miroir de la salle de bains, comme je le fais toutes les dix minutes lorsque je suis à la maison.

— Tu sors ?

— Mamie ! Tu m'as fait peur ! Faut que tu arrêtes de surgir n'importe où, n'importe quand, tu vas finir par me faire faire un infarctus. Tu serais bien embêtée dis donc, faudrait que tu trouves quelqu'un d'autre à hanter.

— Très drôle ! Tu vas où ? demande-t-elle en soulevant le courrier de Louise sur le bar.

— Que je te le dise ou pas, je suppose que tu vas me suivre quand même… rétorqué-je, dépitée.

— Exact, s'écrie-t-elle, enjouée.

Agen se prend une déculottée monstrueuse ce soir-là, il faudrait un miracle pour qu'ils se maintiennent en Top 14. Oui, parce que, depuis que je vis ici, il a fallu m'adapter aux sorties locales. Dans un premier temps, tout le monde me toisait, car, en tant que Toulousaine, j'étais « l'adversaire ». S'ils savaient ce que je m'en tamponne, moi, du rugby ! Mais comme il n'y a pas beaucoup de choses à faire par ici, je suis donc abonnée, comprenez traînée au stade un week-end sur deux. Je suis bien brave, mais les matches extérieurs, faut pas non plus exagérer.

— Madame, ça vous va grave bien, les cheveux courts !

Oui, parce que la plupart de nos élèves sont aussi à Armandie le samedi.

— Merci Mourad, bon match, lui répondé-je, gênée.

— Non mais sérieux ! Maël ! Maël… Mate la prof si elle est bonasse comme aç !

Disons que je n'ai pas entendu. Mamie si.

— T'as vu, même les jeunes trouvent que tu es jolie comme ça. Enfin, je suppose que c'est ce qu'ils voulaient dire !

L'arbitre siffle, Juju gueule comme un chien enragé, Louise se ronge les ongles.

— Ben, les filles, l'an prochain on repart en Pro D2, écoutez bien ce que je dis !

— En même temps, pas besoin d'une boule de cristal pour dire ça, Juju ! rétorque Louise en crachant un morceau d'ongle sur la voisine de devant.

— Les jeunes, quand on soutient une équipe, on la soutient même dans les mauvaises passes ! Dis-leur ! Bambina, dis-leur, me harcèle Mamie.

Je suis fatiguée.

Juju allume une cigarette et souffle la fumée au nez de ma grand-mère.

— Putain, que c'est bon… se délecte-t-elle. Encore, saucisson, encore une taffe.

La voilà qui passe sa tête entre Juju et moi pour aspirer sur la clope.

— Quoi ? me lance-t-elle, y a un problème ?

Je suis très très fatiguée.

10

On a terminé la soirée ronds comme des queues de pelle à regarder le Zapping. Juju et Mamie se fendaient la poire à l'unisson, sans le savoir. Louise m'a demandé :

— Il dirait quoi, ton Nietzsche, de cette situation merdique ?

Juju a répondu :

— Il dirait comme tout le monde : attrape une autre bouteille !

Mamie a éclaté de rire.

— Je l'adore, ce saucisson, en fait. Pourquoi tu te mets pas avec lui, Bambina ?

Je lui ai fait les gros yeux.

— D'accord, il est pas très charmant, mais c'est un bon garçon, ajouta-t-elle en le dévisageant. Il est drôlement mieux que l'autre trouduc du lycée !

J'ai pouffé et lui ai raconté ce que je lui ai fait pour me venger, à l'autre trouduc, comme elle dit. Après les révélations de Louise, je suis allée raconter à la secrétaire qui était vraiment le Matheux. On a décidé d'unir nos forces entre cocues et on a balancé une rumeur sur lui. C'était mon idée et je n'en suis pas peu fière !

— On est allées voir les pionnes et on leur a fait croire qu'il était suivi pour troubles de l'érection ! triomphai-je, mon verre à la main.

Mamie a applaudi.

— Ça, c'est ma petite-fille !

Who run the world ?

C'est à ce moment précis que Louise a eu une idée de merde.

— Je vais appeler Éric ! Faut que je lui dise que je ne suis pas d'accord avec ce qu'il fait. Qu'il ne pense qu'à lui au lieu de penser au bien-être de Tess.

— Oh non non non ! Mauvaise idée, protestai-je sous le regard paniqué de Juju qui se leva d'un bond.

— Elle va le faire, putain ! Prends-lui le téléphone, vite !

— Appelle-le, ce grand con ! rétorqua Mamie en reniflant le mégot de Juju.

Elle l'a fait, bien entendu, sous nos mines déconfites. Il l'a traitée de folle d'appeler à une heure si tardive, lui a demandé de décuver avant d'entamer une quelconque discussion et que, de toute façon, si elle voulait tout savoir, Barbie, c'est comme ça qu'on appelle la « nouvelle », était enceinte et qu'ils allaient déménager pour qu'elle se rapproche de sa famille. Avec le haut-parleur, on a tout entendu. Lorsqu'elle a raccroché, Juju, Mamie et moi sommes restés silencieux, les yeux braqués sur elle.

Louise a posé le portable sur la table basse et est montée dans sa chambre. J'ai voulu la rejoindre, mais Juju m'a dit qu'il valait mieux la laisser un peu seule. Il avait sûrement raison. Alors qu'il se levait pour récupérer sa veste, son portable émit un signal lui indiquant un message WhatsApp, j'ai reconnu la sonnerie de cette application qu'il a installée spécialement pour communiquer avec sa copine. Mamie et moi avons attendu sa réaction, suspendues à ses lèvres, il n'a pourtant rien dit. Il a balancé son téléphone contre le mur et a claqué la porte.

— Va voir, Bambina, ce qu'elle a écrit, l'Américaine, me demanda ma grand-mère. J'espère qu'il ne l'a pas cassé, son chose !

Je me saisis de l'iPhone et lus :

« *Bonjour mon Juju, je ne sais pas exactement quelle heure il est pour toi. Je ne sais plus à force. Mais je ne peux plus attendre pour te dire ce qui me ronge depuis quelques semaines. Je n'arrive plus à gérer la distance qui nous sépare, et je suis persuadée que tu le vis mal également. Soyons adultes et prenons la décision qui s'impose avant de se faire plus de mal. Je ne veux pas que tu penses qu'il y a quelqu'un d'autre dans ma vie, car ce n'est pas le cas, j'ai trop de respect pour notre relation.*

Appelle-moi lorsque tu seras réveillé, je t'embrasse. »

— Personne d'autre, mon cul, oui ! vociféra Mamie.

— Tu n'en sais rien, répondis-je en rangeant les canettes vides sur le bar.

— En tout cas, ce fut une belle soirée de merde, ajouta-t-elle en bâillant bruyamment.

Nous sommes dimanche soir et je n'ai pas vu Louise de la journée, elle n'a pas non plus répondu à mes appels. Lorsque je me suis levée ce matin, elle était déjà partie. J'ai nettoyé la maison, corrigé mes copies, comaté devant « Reportages », un dimanche passionnant. Juju n'est pas venu récupérer son portable et j'espère vraiment qu'il va bien, je m'inquiète beaucoup pour lui. Plus que pour Louise finalement, car je sais qu'Éric doit ramener Tess à 19 heures et qu'elle va donc forcément montrer son nez à un moment donné.

18 h 20. La porte s'ouvre.

— Hey, ma belle, comment vas-tu ? lui demandé-je, rassurée de la voir.

Louise s'approche de moi avec un large sourire qui me réconforte instantanément. Elle tire un tabouret et s'installe à mes côtés.

— On a bien picolé hier soir, non ?

— Tu l'as dit, j'acquiesce.

— Je suis allée chez eux, chez Éric je veux dire. Je voulais m'excuser et surtout essayer de comprendre comment on avait pu en arriver là. Barbie était là, Tess était ravie de me voir chez son père, évidemment. Ils l'ont envoyée jouer dans sa chambre et m'ont offert un café.

Elle essuie une larme de sa joue et reprend.

— Tu sais, ils s'aiment vraiment, Éric et Barbie. Cela me fait mal de le dire, mais je suis obligée de me rendre à l'évidence, il ne s'est pas trompé, ce n'était pas moi, la femme de sa vie, c'est elle.

Je lui prends la main tandis qu'elle poursuit.

— Ils m'ont expliqué qu'il fallait qu'ils partent à Lyon, Barbie veut rejoindre sa famille avec le bébé qui arrive, tout ça, et la mutation d'Éric a été acceptée. Il a avoué s'y être certainement mal pris, mais il ne peut pas concevoir de partir sans sa fille. Je lui ai rappelé que Tess est aussi la mienne, que je ne veux en aucun cas qu'elle ne voie plus son papa, mais que je ne peux pas accepter qu'il me l'enlève. Barbie s'est touché le ventre et a baissé la tête, elle m'a regardée et a demandé si elle pouvait intervenir dans la discussion. J'ai trouvé cela classe de sa part. Elle a dit à Éric qu'elle serait bientôt maman, elle aussi, et qu'elle ne peut pas et ne veut pas cautionner le fait qu'il me retire Tess.

Louise attrape un mouchoir dans sa poche et souffle dedans.

— Éric a promis qu'on allait trouver une solution. J'ai ajouté qu'il faudrait faire au mieux pour Tess et seulement pour elle. Puis la petite est descendue et m'a raconté que Barbie avait vomi sur la voisine quand elle est venue vendredi soir parce qu'elle ne supporte plus l'odeur de son parfum.

Au-dessus de moi, j'entends ma grand-mère éclater de rire et je jurerais, à son regard, que Louise l'entend aussi.

— Tu sais pourquoi on a le portable de Juju ici ? me demande-t-elle en jetant son mouchoir à la poubelle.

— Oh là… Crise internationale !

— Je vais me doucher vite fait avant que la petite arrive et tu me racontes tout après, d'accord ?

Ma grand-mère s'installe face à moi et me regarde en souriant.

— Quoi ? fais-je en levant les yeux.

— Rien, ma chérie, je te regarde, c'est tout.

— Ce n'est jamais « tout », qu'est-ce qu'il y a, Mamie ?

— Toi aussi tu ferais une maman formidable, me fait-elle sur le ton de la confession.

— Et si je n'en voulais pas, des enfants, hein ? Mis à part Louloune, je n'ai pas de très bons exemples de mamans autour de moi ! Entre toi qui as oublié que tu en avais et ma mère qui n'a aucune vie en dehors de nous, merci bien !

Je me lève de mon tabouret et me dirige vers le réfrigérateur.

— Oh, détrompe-toi. Ta mère est bien plus que ta mère… glisse-t-elle. Bien que ce soit formidable de l'être, hein, ma chérie.

— Comment ça ?

Elle attise ma curiosité avec ses suppositions sur ma mère, elle. Claudine Tricani, *desperate housewife* en chef du lotissement des Rosiers à Toulouse, n'est pas plus surprenante que la neige au Québec.

— Demande-lui lorsque tu la verras, ma puce.

Et j'ai découvert Maman

11

À midi, je suis officiellement en vacances, j'aime beaucoup cette période de l'année. Il y fait toujours bon, surtout chez nous, et les vacances de printemps représentent le dernier moment de répit avant le stress du baccalauréat. Ma mère m'a appelée hier pour que je passe quelques jours chez eux, « quelques » me semblent beaucoup, je vais y aller pour le week-end, ce sera suffisant. Louise part demain matin à Disneyland avec Tess, sa sœur et ses enfants. Bon courage, Louise. Sa sœur vit à La Rochelle, elle est venue une fois avec ses monstres, trois garçons respectivement âgés de huit, six et deux ans. Deux heures après leur arrivée, je sonnais chez Juju avec ma couette et mon pyjama Bob l'Éponge pour demander l'asile.

Juju a repris du poil de la bête, au fait. Il m'a sérieusement foutu la trouille en ne nous donnant aucune nouvelle durant plus de trois jours. Je n'en pouvais plus, Louise non plus.

— Si tu nous refais un coup pareil, j'accroche tes testicules au portemanteau de mon bureau, OK ? l'a-t-elle menacé lorsqu'il a réapparu le mardi soir sur le pas de notre porte.

— Désolé, les filles, j'avais besoin de m'éloigner un peu, a-t-il dit, tout penaud.

— T'étais où ? le questionna-t-elle, toujours aussi aimablement.

— Je suis parti à Pau chez mon frère, ça m'a fait du bien, je vous jure, s'excusa-t-il en nous embrassant chacune notre tour.

Je vous ai déjà dit, il me semble, que l'on ne peut pas en vouloir à Juju ? C'est une perle, ce gars, tu as envie de le protéger, comme tu le ferais avec ton gosse. Du moins je pense.

Mamie apparut à ce moment-là.

— Tiens ! Revoilà le saucisson !

Tess est venue se poser sur mes genoux pour faire sa lecture.

— Bon-appé-tit mon-sieur La-pin. Mon-sieur La-pin n'ai-m-eeeuu plus les ca-rot-tes…

— Elle ne lit pas très bien, je trouve, pour son âge, se mêla ma grand-mère en parcourant l'album de la petite par-dessus mon épaule.

— Si, je lis bien !!! s'insurgea Tess.

— Merde, j'oublie tout le temps qu'elle me voit elle aussi, me lança-t-elle.

Puis se tournant vers la petite fille :

— Tu accroches beaucoup les syllabes quand même, non ?

— J'accroche rien du tout ! hurla Tess. Maman ! Mamie Lina, elle dit que j'accroche.

— Mais non, mon cœur, tu n'accroches rien, répondit Louise en me faisant un signe d'incompréhension avec ses mains.

Louise se tourna à nouveau vers Juju.

— Elle me saoule avec sa vieille…

— Tu devrais en parler à l'infirmière du bahut, non ? s'inquiéta Juju.

— Celle-là ?! Pour qu'elle lui file un Efferalgan trois fois par jour jusqu'à disparition totale des symptômes ? Elle est bidon, on dirait qu'elle a passé son diplôme chez UPSA. T'as mal au ventre ? Un Efferalgan. T'as une entorse ? Un Efferalgan. Tu t'es fait larguer par ton petit copain de seconde B ? Un Efferalgan.

— Que man-ges-tu ? de-man-de-t-il à la gre-nou-nou… lle ? C'est ça, Léo ?

— Grenouille !!! Si elle accroche tous les mots, on ne va pas s'en sortir, s'agaça Mamie.

— Je ne ferai plus la lecture avec toi ! T'es méchante ! Viens, Léo, on va dans ma chambre.

Tess ferma violemment son album et poussa ma grand-mère en me prenant par le bras.

— Et tu ne nous suis pas, OK ? ajouta-t-elle.

Mamie Lina articula quelque chose dans ma direction tandis que je lui lançais un regard assassin. Cela ne faisait aucun doute, tout était rentré dans l'ordre.

*

— Mademoiselle Tricani ? Je peux vous voir un instant s'il vous plaît ? m'accoste monsieur Daroste avant que je quitte l'établissement.

Il me semblait bien que quelqu'un me suivait. Le proviseur me fait signe de me diriger vers son bureau, je m'exécute.

— Asseyez-vous, je vous en prie, me dit-il en désignant le fauteuil lui faisant face. Avez-vous eu connaissance du court séjour que nous organisons pour les terminales à la rentrée des vacances de Pâques ?

— Oui, ils m'en ont vaguement parlé, ils sont contents et je trouve que c'est une bonne idée de les divertir un peu avant l'examen.

— Il se déroule à Barcelone sur quatre jours du vendredi au lundi et, malheureusement, monsieur Lémant ne peut plus être accompagnant, les élèves ont insisté pour que je vous propose sa place, ajoute le proviseur.

Monsieur Daroste, le chef d'établissement, malgré son visage poupon qui lui donne un air sympathique, fiche tout de même la frousse à tout le monde. Des élèves aux professeurs, personne n'est jamais rassuré d'être convoqué dans le bureau de l'autorité suprême.

— Alors, mademoiselle Tricani ? insiste-t-il, me tirant de mes rêveries.

— J'en serais ravie, vous pouvez compter sur moi, affirmé-je, faussement décontractée.

Qui oserait dire non à Dark Vador ?

— T'as dit oui, j'espère ? me demande Louise, la bouche pleine.

— Oui, j'ai accepté, je n'y suis jamais allée, moi, à Barcelone !

— Il y aura qui avec toi ? Les profs d'espagnol, je suppose, ajoute Juju en mordant dans son Big Mac.

— Mouais... Pardon, je mange comme une truie. Et Laurent, tu sais, histoire-géo ? Bon, accessoirement, soixante gamins de dix-sept ans.

— Le soir, tu les colles au lit à 21 heures et tu te barres ! Tess, ne prends pas tant de ketchup ! beugle Louise.

— Mais Mamie Lina a dit que je pouvais, râle la petite.

— Ils ont dix-sept ans, Louloune, ce ne sont plus des bébés, lui rétorqué-je.

— Allez, Tess, on se bouge, demain on a rendez-vous avec Mickey, je ne veux pas que tu te couches trop tard.

— On peut emmener Mamie Lina ? questionne la gosse en sirotant son yaourt à boire.

— Si tu veux, accorde-t-elle à sa fille en vidant le contenu de son plateau dans la poubelle. On va déjà se trimballer la descendance de l'Antéchrist, autant embarquer une vieille imaginaire.

— Youhou, je pars avec vous, les filles, je suis trop contente, exulte ma grand-mère.

Elle se lève de la banquette et se tourne vers moi :

— C'est qui, ce Mickey ?

Je suis coincée dans *La Quatrième Dimension*. À tout moment, je peux entendre la voix du gars chelou qui va me dire, comme au début de chaque épisode de la série : « Apprêtez-vous à entrer dans une nouvelle dimension où les portes entrebâillées du temps peuvent se refermer sur vous à tout jamais… La quatrième dimension ! »

12

Comme à son habitude lorsque j'arrive, mon père est dans le jardin. Il a dû être paysagiste dans une vie antérieure, ce n'est pas possible autrement. Mes parents ont un terrain sur lequel pas une branche ne dépasse, les fleurs sont toujours belles ou recouvertes l'hiver d'une espèce de « matelas à fleurs », je ne sais pas trop ce que c'est exactement. Moi, je n'ai absolument pas la main verte, la pauvre plante, elle tient deux jours chez moi, et encore, si j'ai pensé à la sortir de la voiture. Il lève la tête de son plant de je-sais-pas-trop-quoi et s'approche de l'allée.

— Salut, et alors, elle est à toi, cette voiture ?

— Bonjour Papa, non, c'est celle de Louise, elle me l'a prêtée pour le week-end.

— Elle n'a pas peur ! rit-il. Non, je plaisante, je plaisante. Allez, va voir ta mère, depuis le temps qu'elle t'attend.

Très drôle. Ça va être long.

— Léo, tu as fait bonne route ? Je devrais te tirer les oreilles, ma fille : combien de fois t'ai-je dit que je préfère venir te chercher pour l'instant ? Je n'aime pas te savoir seule sur la route.

Ma mère sort d'un pas assuré de la cuisine et me colle une empreinte de rouge à lèvres sur la joue.

— Ta sœur ne viendra que demain, elle te l'a dit ? Le petit a une otite, les dents, je pense.

Elle croit aussi être médecin. Pour info.

— Oui, elle m'a envoyé un message hier. Ça sent bon, qu'est-ce que tu as fait à manger ?

— Blanquette de veau, répond-elle fièrement en ouvrant le couvercle de sa marmite.

Je dépose mon sac sur le lit et observe mon père depuis la fenêtre. Je ne peux pas dire que nous ayons une mauvaise relation, il est bien plus gentil et agréable que ma mère, qui donne son avis sur tout et considère que seule ma sœur, avec son mioche et son mari banquier, fait quelque chose de bien. Comme si je devais m'excuser de ne pas vouloir reproduire le schéma familial.

Camille a fait bâtir une maison aux volets roulants et panneaux solaires à quelques minutes d'ici et a épousé le conseiller financier le plus chiant que je connaisse, qui, par ailleurs, ne devrait pas tarder à lui faire deux petits blondinets de plus. Elle sera certainement, plus tard, présidente des parents d'élèves et viendra donner des leçons à mes collègues.

Mon père jardine toujours tandis que je l'espionne. Il est assez secret et, le fait d'avoir Mamie Lina auprès de moi, je pense, me fait me rendre compte que je n'ai jamais vraiment parlé avec lui. De choses sérieuses de la vie, je veux dire. Il m'émeut en fait, mon père. Et j'ai l'impression d'essayer de le protéger de quelque chose en n'entrant pas dans des sujets profonds.

Il se retourne et me regarde, je lui adresse un signe de la main et me dis qu'il ressemble énormément à sa mère.

Un samedi après-midi, rue Saint-Rome à Toulouse, j'en arrive presque à envier Louise et ses quatre marmots à Disneyland. La principale artère commerçante de la ville est saturée de jeunes femmes les bras chargés de sacs de marques en tout genre, de mamans exaspérées par leur progéniture ou encore d'adolescents boutonneux qui traînent, bras ballants, n'ayant rien de mieux à faire.

— Tu crois que ça lui irait ?

Ma mère me montre un ensemble immonde bleu turquoise en taille douze mois.

— Je ne pense pas que Camille lui mette ce genre de trucs, non.

Bien que je ne sache absolument pas ce que ma sœur fait porter à son enfant.

— Tu crois ? Et celui-ci ?

Donc, si j'ai bien compris, elle participe à un concours. La mamie qui trouvera l'ensemble le plus moche à offrir à son petit-fils.

— Je le prends, on n'a jamais assez de vêtements avec un bébé !

Fais comme tu veux. Rappelez-moi de ne pas la mettre au courant le jour où j'aurai des enfants.

En remontant vers le Capitole, je lui propose de faire une halte pour boire un café.

— Ici, viens, j'adore, j'y allais tout le temps en sortant de cours. Oh les souvenirs qui remontent, je ne te dis pas, lancé-je rêveuse.

— Si tu veux, me répond ma mère, mais pas longtemps, tonton Gino vient dîner ce soir.

Il ne manquait plus que lui, mon bonheur est à son apogée.

La serveuse vient prendre notre commande, je demande un café, ma mère un cappuccino, quand un homme sort du piano-bar d'en face et se dirige droit sur nous.

— Hey, hey, comment ça va ?

Il se penche vers ma mère et lui claque la bise. Mal à l'aise, elle lui répond et jette un œil inquiet sur moi.

— C'est ta fille ? en rajoute-t-il.

— Oui, je te présente Léona, acquiesce ma mère.

— Enchanté, bon, vous m'excusez, grosse soirée aujourd'hui, on se voit vendredi.

Et il repart tranquillement dans son établissement.

— C'est qui, ce gars-là ? demandé-je, intriguée.

Ma mère devient rouge pivoine et tarde à me répondre. J'hallucine, il y aurait un truc entre elle et ce mec ?

— Eh ben, Maman, dis-moi ?

— Tu me promets de ne pas te moquer ? Ni de faire une réflexion ?

Me moquer ? Je ne comprends rien à ce qui se passe.

— Je chante dans son bar le vendredi soir, me lance-t-elle.

— Tu quoi ??

— Ah, tu ne t'y attendais pas à celle-là, Bambina ! Et elle n'est pas à Disney, elle…

Sur le chemin du retour, ma mère m'a expliqué qu'elle a commencé à chanter dans une chorale lorsque nous sommes parties de la maison, ma sœur et moi. Et que, de fil en aiguille, on lui a parlé de ce piano-bar en ville où ils cherchaient des voix comme la sienne. Elle a longtemps hésité, car elle avait peur de se lancer dans cette aventure à son âge, mais Martine, sa voisine préférée, l'a poussée à se présenter au gérant. Je lui ai demandé si cela faisait longtemps, elle m'a répondu « trois ans ». Trois ans ! Non mais je rêve. Mon père est au courant, mais il ne vient quasiment jamais la voir, elle dit qu'elle n'arrive pas à chanter devant les gens qu'elle connaît. Et moi, je n'en savais rien. Ma mère est une chanteuse de piano-bar et le mec chelou de *La Quatrième Dimension* me fait un doigt d'honneur.

Et je suis partie à Barcelone

13

Les vacances sont passées très rapidement. À chaque fois, je me dis que je vais prendre du temps pour moi, me poser tranquillement avec un livre et un thé vert, mais cela n'arrive jamais. Je suis restée seulement deux jours chez mes parents, il est arrivé tant de choses que j'ai mis deux semaines à m'en remettre. Tout d'abord, j'ai découvert que ma mère était la nouvelle Ella Fitzgerald de Toulouse. Puis il y a eu le dîner du samedi soir durant lequel j'aurais mieux fait de m'étouffer avec un os de poulet plutôt que d'ouvrir ma grande bouche.

Mon oncle Gino est arrivé vers 20 heures, ma tante et ma mère ont fait semblant de bien s'entendre et sont parties en cuisine, tandis que mon père a commencé à servir l'apéritif.

— Salut ma grande, m'embrassa tonton Gino, comment tu vas ? T'as bien morflé quand même !

— Ça va, merci. Je me suis bien remise, ne t'inquiète pas, lui répondis-je en posant le bol de Chipster sur la table basse, tout en me retenant de le lui jeter au visage.

Ils ont parlé de tout et de rien, m'ont posé des questions sur ma vie agenaise et sur mon travail au lycée, Maman s'est inquiétée toute la soirée de peur que je ne révèle son grand secret. Comme si j'avais quatre ans et que je ne savais pas tenir ma langue. Jusqu'au moment où j'ai parlé de choses qui fâchent.

— Au fait, je pars à Barcelone à la rentrée avec mes élèves !

— Ah super, fit ma tante, un verre de blanc à la main, tu vas adorer ! On y est allés en… 2006 ou 2007, hein, Gino ?

Mon oncle, peu loquace, sortit un « pff » en guise de réponse.

— C'est bête parce qu'il paraît que, l'an prochain, ils les emmèneront à Florence, mais comme je participe à ce voyage, je ne ferai pas le suivant, ai-je ajouté.

Mes grands-parents y sont nés et une grande partie de ma famille paternelle y vit encore.

— Oh tu sais, si tu appelles Laura, la fille de Marcello – tu vois qui c'est ? demanda mon oncle –, elle t'accueillera avec plaisir, nous, les garçons y sont déjà allés.

Mon père ne rebondit jamais lorsque nous évoquons de près ou de loin tout ce qui touche à ses origines, sa famille, l'Italie… A contrario, tonton Gino semble apprécier d'en parler.

— Je ne la connais pas, rétorquai-je.

Mon oncle se resservit des haricots verts et questionna mon père :

— Matteo, tu n'as jamais parlé de Marcello à tes filles ?

Puis il s'adressa à moi :

— Marcello, c'est notre cousin, le fils du frère de ton grand-père. Tu me suis, Léo ?

Je suis agrégée en philosophie, ça devrait aller.

Sentant le malaise s'installer, ma mère détourna l'attention en proposant le dessert. Mais il a fallu que j'en remette une couche.

— Vous savez quel jour nous serons, mardi ?

Tous les yeux se braquèrent sur moi pour savoir où je voulais en venir.

— C'est l'anniversaire de la mort de Mamie.

Silence de plomb.

Leurs regards auraient été plus cléments si j'avais annoncé être adepte du cannibalisme. Naturellement, ma mère a regardé mon père, comme pour vérifier si je ne venais pas de lui enfoncer un poignard en plein cœur. J'ai tout de suite regretté d'avoir dit ça, je ne sais même pas pourquoi je l'ai fait. Ma tante s'est raclée la gorge et a enchaîné, l'air de rien :

— C'est vrai, nous serons le 12 avril. Que le temps passe vite.

Mon père s'est levé.

— Je vais chercher une bouteille. Gino, rouge ou blanc ?

Et il a disparu dans la cuisine.

— Bravo Léo ! me balança ma mère en découpant nerveusement son gâteau trop cuit.

— Elle n'a rien dit de mal, Claudine, me défendit mon oncle. Mon frère refuse de parler de Maman, c'est son choix, mais les petites ont le droit d'évoquer leur grand-mère.

Je me suis levée et je suis partie rejoindre mon père.

— Tu veux que je t'aide, Papa ?

Mon père se retourna et me désigna l'ouvre-bouteille sur le plan de travail.

— Oui, tiens, passe-moi ça, s'il te plaît.

— Je suis désolée…

— De quoi ? fit-il en me prenant l'objet des mains.

— D'avoir parlé de Mamie.

Il posa la bouteille encore fermée et inspira profondément.

— C'est moi qui suis désolé, je réagis mal. Ce n'est pas de ta faute, tu étais petite quand elle est partie et tu gardes les souvenirs d'une grand-mère rigolote. Mais, tu sais, ce n'était pas une bonne maman avec nous. Gino n'a pas les mêmes souvenirs que moi, il est plus jeune. Je ne pleure pas sa mort, mais je n'ai pas à t'en vouloir de l'évoquer. Allez, viens, on va goûter au gâteau dégueulasse de ta mère.

Je lui souris et lui fis signe de passer devant. En me tournant, j'aperçus Mamie assise à la table de la cuisine. Elle avait pris sa tête entre les mains et laissait échapper des larmes. La voix de Maman résonna au loin.

— Léo ! Dépêche-toi, il se mange tiède, ce gâteau.

14

Je n'ai pas revu Mamie depuis ce fameux soir, il y a deux semaines. J'ai tant rêvé de la voir disparaître que je ne m'explique pas cette sensation de vide. La maison est bien calme lorsque je suis seule. J'aurais sincèrement préféré qu'elle n'assiste pas à cette conversation, j'ai fait pleurer une morte, qu'est-ce qui va m'arriver ?

Louise passe dans le couloir et toque à ma porte :

— T'as pensé à prendre ta veste bleue ? Les soirées sont fraîches encore, je pense.

Je lui souris et ironise :

— Oui, Maman, j'ai tout ce qu'il me faut !

— Et prends-toi des baskets confortables, vous allez beaucoup marcher !

— Tu sais que j'ai habité seule à Paris durant sept ans ? ajouté-je, exaspérée.

— Oui, d'ailleurs, avec Juju, on se demande tout le temps comment tu as fait pour t'en sortir !

Mes amis sont merveilleux.

Tess monte à l'arrière de la voiture, shoote dans ma valise, qui se renverse entre les deux sièges, et me jette son cartable dessus.

— Hey, mon cœur, fais attention à mes affaires !

— Toute façon, toi, Léo, je ne te parle plus, bougonne-t-elle en se reculant au maximum au fond de son siège.

Louise me regarde en souriant. Je me tourne vers la petite et fais mine de pleurer.

— Qu'est-ce que je t'ai fait ?

— T'as fait partir Mamie Lina, et maintenant, tu t'en vas aussi ! me balance-t-elle d'un regard assassin.

— Oh vilaine Léo ! ajoute Louise en me tapant sur le bras.

— Mais je reviens, moi, je serai là lundi.

— Et tu ramènes Mamie Lina ?

— Je ferai tout mon possible.

Elle a vraiment intérêt à se remontrer, celle-là.

Neuf heures de trajet en bus à côté de madame Fernandez, je ne pense pas pouvoir tenir le choc. Les élèves, pour être à l'aise, ont choisi deux sièges chacun et, du coup, je ne vais guère avoir d'autre choix que de m'asseoir avec elle. Elle a pris le côté fenêtre en plus, je suis dégoûtée. Quelle galère, d'installer tous ces ados, ils seraient en petite section que cela aurait été plus facile.

— Eh, madame, vous avez vu, pour monter dans le bus, il suffit d'ouvrir la porte !

Maël et ses vannes. Les autres, en rang d'oignons, éclatent de rire, sauf Mathilde :

— Ne faites pas attention à lui, il est débile, me lance-t-elle en s'asseyant à sa place.

— À partir de maintenant, je veux tous les portables en silencieux, chacun reste à sa place, nous ferons des pauses très régulièrement quoi qu'il en soit. Si vous avez un problème, les autres professeurs et moi-même sommes à l'avant, c'est d'accord ? explique Laurent devant cent vingt yeux braqués sur lui.

— Léona, vous savez que nous allons partager notre chambre ? me questionne madame Fernandez tandis que je m'échoue à ses côtés.

— Non, je ne savais pas. Je suis ravie.

Pourquoi est-ce que j'ai accepté ? Mais pourquoi est-ce que j'ai accepté ?

— Madame, ils font des travaux ?

Valentine me désigne la façade de la Sagrada Familia et ses échafaudages. Notre guide lui répond :

— Je vous expliquerai tout à l'intérieur, mais si tu veux savoir une petite anecdote, Gaudi se plaisait à répondre, lorsqu'on lui demandait à quel moment le monument serait terminé : « Mon client n'est pas pressé. »

— Ouais, m'enfin ! Moi, je l'aurais pas choisi lui comme maître d'œuvre.

Ces gosses sont en terminale littéraire, j'ai envie de pleurer.

Lorsque nous sommes arrivés hier soir, j'ai dû faire face à un problème hautement important, le genre d'incident diplomatique qui peut te foutre en l'air un séjour.

— Moi, c'est mort, je ne dors pas avec elle, madame !

Mathilde posa lourdement sa valise dans le couloir et s'arrêta en plein milieu.

— Qu'est-ce qui se passe encore ? demandai-je, agacée.

— L'autre, là – elle me désigna Laura du menton –, on s'était inscrites dans la même chambre, mais c'est pas possible, je ne dors pas avec elle !

— Vous vous êtes disputées dans le bus ?

Moi, naïve que je suis, j'ai pensé à une querelle de partage d'écouteurs.

— Elle s'est tapé mon mec et, après, la meuf, elle croit qu'elle peut rester dans ma *friend zone* !

Tapé... Genre elle veut dire qu'ils se sont battus. C'est ce qu'elle veut dire, non ? Ce sont des bébés, personne ne se tape personne, on est d'accord ?

Frôlant l'hystérie générale dans le couloir, j'ai pris Mathilde avec moi dans la chambre et madame Fernandez passe donc son week-end avec Laura et consœurs. Ouf. Deux problèmes de réglés.

Ce matin, nous avons pris le bus touristique et avons fait le tour de la ville, notre guide nous a expliqué tout ce qu'a fait Gaudi pour Barcelone tandis que les garçons hurlaient au scandale parce qu'on ne s'arrêtait pas à Camp Nou, le fameux stade de foot. Ils se sont calmés lorsque mon collègue leur a révélé que la surprise du week-end était qu'ils en auraient une visite guidée et complète demain après-midi. Puis ce sont les filles qui s'y sont mises.

— On pourra faire les magasins pendant ce temps-là ?

Je supplie des yeux le professeur d'histoire-géo, qui mène visiblement le groupe d'une main de fer.

Oui, dis, Laurent, on pourra faire les magasins pendant ce temps-là ?

Après avoir visité en long, en large et en travers la Sagrada Familia, nous avons traversé le parc Güell avant de rentrer à l'hôtel. Je n'ai plus de jambes et j'entends Louise dans ma tête : « Tu vas beaucoup marcher, prends des tennis confortables », ça m'énerve qu'elle ait toujours raison. Ce soir, ils nous ont prévu un repas typiquement catalan, diffusion d'un film en espagnol et au lit. Je retiens : lit.

— Léo, on va boire un coup en ville, tu viens ? demande Marie, prof d'espagnol, tandis que je sors de ma chambre après avoir pris une douche.

— Mais… Et les gosses ?

A-t-elle oublié qu'on se trimballe soixante ados ? Parce que moi, non !

— T'inquiète, il y a Fernandez, ils sont calés devant leur film, elle va gérer !

Laurent, avec ses cent dix kilos bien tassés, peine à suivre Marie qui galope dans les rues bondées d'un samedi soir dans la capitale catalane.

— On va sur les Ramblas ? demande-t-il, à bout de souffle.

— Non, Laurent, c'est un piège à touristes, suivez-moi ! répond-elle toute souriante.

— Tu connais bien la ville ?

— Ben, Léo, mes parents ont un appart ici ! me lance-t-elle en stoppant net sa course folle.

Ben oui, évidemment, suis-je bête.

Elle s'arrête devant un bar qui, d'emblée, nous plonge dans l'ambiance festive mais chaleureuse de l'Espagne. Ça parle fort et dans tous les sens, les filles dansent et des gens d'un certain âge chantent avec un verre de bière à la main.

On enchaîne les mojitos en occultant totalement nos terminales et madame Fernandez. Marie se lève et traîne le pauvre Laurent sur la piste au milieu d'un groupe de supporters du Barça, je le déduis à leurs maillots, je ne leur ai pas demandé. Il me faut un verre d'eau, j'ai soif, j'ai chaud et je vais vomir sinon.

— *Un vaso de agua, por favor.*

Mes yeux se posent sur le mec qui joue dans la publicité pour Axe, celle où il arrache sa chemise et où il fait le beau, vous voyez ? Je ferme la bouche et tente de me débarrasser de mes visions tandis qu'il m'adresse un grand sourire et me répond :

— Plate ou gazeuse ?

— Vous êtes français et mon accent est si mauvais que vous m'avez démasquée tout de suite, c'est ça ? Plate, s'il vous plaît.

Le serveur canon se met à rire.

— À moitié, je suis un savant mélange de Catalogne et de Provence.

Puis il ajoute :

— Je vous apporte votre eau dans une minute.

Je me tourne vers mes collègues et remercie le ciel de ne connaître personne et d'être dans un pays étranger. Ils sont en train de tenter le « porté » de *Dirty Dancing* sous les sifflets et applaudissements des potes de Messi.

— Voilà pour vous, me fait-il en posant mon verre d'eau sur le bar. Vous êtes venue seule ?

Je regarde Johnny et Bébé.

— Oui.

— Enrique, me dit-il. Bienvenue à Barcelone, lance-t-il d'un éclat de rire tandis que Marie s'étale de tout son long sur le parquet.

— Léo ! fais-je en étouffant un fou rire.

— Qu'est-ce qui vous amène, Léo ? Tourisme ? Travail ?

Je grimace en réfléchissant à la réponse.

— Les deux en fait.

J'adore parler avec des inconnus, sachant que je ne les reverrai jamais. L'espace d'un instant, tu peux être qui tu veux.

— Vous travaillez ici depuis longtemps ? Il est sympa, cet endroit, je trouve.

— Merci, oui, depuis toujours finalement, répond-il en nettoyant des verres à pied.

Une voix derrière lui nous interrompt.

— Enrique, viens, ça chauffe au fond, il y a des Madrilènes, aboie un grand costaud de l'autre côté du bar.

Enrique m'adresse un clin d'œil et me demande de ne pas bouger.

T'inquiète pas, chéri, je ne vais nulle part.

Mais c'était compter sans Laurent qui s'approche avec Marie dans les bras.

— On y va, Léo, notre camarade dégueule partout et elle voulait se battre avec la chanteuse du groupe.

— OK, j'arrive, soupiré-je.

Je regarde frénétiquement dans tous les coins du bar, mais mon serveur a disparu. Fin de la coupure pub. Nous regagnons tant bien que mal notre hôtel avec une Marie incapable de nous indiquer le chemin et qui s'arrête toutes les trois minutes pour vomir de la bile. Je m'en veux énormément de m'être encore mise dans une situation pareille, avec nos conneries, on va se faire virer du bahut si quelqu'un nous chope en rentrant.

Après avoir couché Marie à pas de loup dans sa chambre en prenant soin de ne pas réveiller notre guide qui dort profondément, je me faufile dans la mienne. J'enlève mes vêtements à la lumière de mon portable quand un Post-it tombe de la poche de ma veste.

Si vous avez cinq minutes, les restaurants aussi sont sympas ici. Enrique.

Le message est suivi d'un numéro de portable. Je suis heureuse, je sautille doucement de joie sur mon lit pour ne pas réveiller Mathilde.

— Madame, vous puez grave l'alcool !

Loupé.

Et j'ai rencontré mon père

15

La pluie et la grisaille se sont mises d'accord pour ne plus nous quitter. En redescendant dans le Sud, j'étais tellement heureuse de retrouver la chaleur et les mollets à l'air dès le mois d'avril. Juin sera bientôt là et il pleut, sans discontinuer. Nous sommes passés d'un temps sublime à Barcelone à l'apocalypse à Agen. Je suis totalement désespérée. Je me la joue Paul Verlaine, mais il pleut également dans mon cœur.

J'ai longtemps hésité, le numéro de téléphone d'Enrique entre les mains, avant de me jeter à l'eau.

— Faites-le, madame, appelez-le ! m'a dit Mathilde en sortant de la douche le dimanche matin.

— Qui ?

— Le gars qui vous a laissé son numéro, là.

Elle désigna le papier roulé dans mes doigts. Je lui ai demandé si elle avait fouillé dans mes affaires, elle a dit que le message lui était accidentellement tombé sous les yeux. Soit. Il a fallu qu'elle insiste lourdement et me fasse comprendre que je n'avais rien à perdre pour que je compose le numéro. Oui, je suis pathétique, j'ai confié mon avenir personnel à une de mes élèves. Et parce que je suis aussi une fille courageuse, je lui ai envoyé un SMS.

J'ai passé la journée en apnée, occultant les trophées, l'immensité du Camp Nou et Maël et Mourad qui sont descendus marcher sur la pelouse.

— Venez ici tout de suite ! a hurlé Laurent.

— C'est bon, monsieur, on n'est pas arrivés jusque-là sans pouvoir toucher le terrain ! a répondu Maël, nonchalamment.

— Il est strictement interdit de pénétrer sur le terrain ! Si je viens vous chercher, ça va mal se terminer, vous le savez ! s'égosilla le prof d'histoire-géo complètement en panique à l'approche de la sécurité.

— Ça va, ça va ! Le relou ! a glissé Mourad à son camarade en escaladant la barrière afin de repasser du bon côté.

Entre deux remontrances et trois arrêts pour perte d'élèves, mon portable a vibré.

Excusez-moi pour la réponse tardive, je suis rentré très tard ou très tôt ce matin.

Un verre ce soir ? Je ne travaille pas.

E.

J'ai tout tenté pour soudoyer Marie afin qu'elle gère la troupe. Sans succès.

— Tu plaisantes, je suis au bout de ma vie ! Mais qu'est-ce qu'on a fait hier soir ?

Je lui ai confirmé qu'il ne valait mieux pas qu'elle sache. Laurent, lui, m'a répondu :

— C'est la soirée flamenco, ce soir à l'hôtel, les gosses vont être remontés à bloc.

Puis il a ajouté :

— Pourquoi tu ne le fais pas venir ici ton Espagnol ? Personne ne remarquera rien.

J'aime cet homme, président de l'amicale du personnel et vaillant délégué syndical, toujours prêt à défendre ses collègues dans n'importe quelle situation.

À 20 heures précises, Enrique passait la porte du restaurant de l'hôtel. C'est à peu près à cette heure-ci que j'ai compris qu'il n'y avait eu personne d'autre avant lui.

— Alors tu es prof ? me questionna-t-il entre deux bouchées de paella.

— Démasquée surtout, répondis-je sous le regard amusé de Marie qui leva son verre.

Enrique se tourna vers elle.

— Vous êtes partis si rapidement hier soir, ton partenaire et toi, que je n'ai pas eu le temps de vous proposer un contrat dans le bar.

— Mon Dieu, je suis mortifiée, dit-elle en se cachant sous sa serviette.

— L'établissement est à toi ? demanda Laurent, la bouche pleine.

— À mon père, je lui donne un coup de main dès que mon emploi du temps me le permet.

— Ah, OK, tu fais quoi sinon ? ajouta mon collègue.

Assise entre eux deux, je me suis presque sentie de trop. Si Laurent avait pu aller voir ailleurs si on y était, cela m'aurait un peu arrangée quand même. Laura et Mathilde ont entendu mes prières. Amen.

— Qu'est-ce qu'elles ont, les deux là-bas, encore ? beugla-t-il, poussant sa chaise en arrière. Elles nous ont fait chier pendant trois jours !

Mon verre de sangria et moi sommes donc passés à l'offensive.

— Donc, que fais-tu lorsque tu n'as pas affaire à des pénibles comme nous ?

— Je suis médecin, me balança-t-il naturellement.

OK. Je m'attendais à tout sauf à ça. J'étais persuadée d'avoir rendez-vous avec un serveur qui dépanne le videur à l'occasion, je me retrouve avec un docteur qui, en plus de s'occuper des gens, prend également soin de sa famille. J'étais scotchée et me suis sentie minable, j'aurais voulu me faufiler sous la table.

— Enfin, je suis encore interne ici à l'hôpital. Je suis en pédiatrie, cela nous fait déjà un point commun, tu vois, déclara Enrique avant d'ajouter un clin d'œil.

Si tu veux je t'opère, tu verras combien nous sommes proches.

— Je suis impressionnée, vraiment. Par contre, je ne me permettrais jamais de comparer ton travail au mien.

Je n'eus terminé ma phrase que Maël se prenait une gifle monumentale par Valentine.

— Tu crois que je ne t'ai pas vu avec la danseuse de flamenco ? Bouffon, va !

Maël et Valentine… Je n'aurais jamais cru.

La soirée a été formidable mais trop courte. Enrique m'a raconté sa vie entre ses gardes et ses services. Pour une fois, j'ai bu plus de paroles que de bière. Il n'était pas un saint, loin de là, il venait plus au bar pour se détendre et sortir du stress inhérent à son travail que pour aider son père, finalement. Il a parlé de sa mère, repartie vivre à Marseille il y a quelques années, et qu'il voyait à peine. Il a ri à gorge déployée des conneries de Mourad venu s'immiscer dans notre dessert. Il lui a adressé un clin d'œil entendu que je n'étais pas censée voir lorsque mon élève nous a lancé :

— Allez, doc, j'vous dis à la prochaine, vous passerez nous voir au bahut t'façon !

Je suis montée faire la loi dans les couloirs pendant qu'il m'attendait dans le hall avec Laurent, puis il m'a dit qu'il devait attaquer sa garde tôt le lendemain. Il m'a embrassée sur la joue et a promis de venir me voir cet été lorsqu'il « monterait » chez sa mère.

Dans la chambre, Mathilde a dit qu'elle était persuadée qu'il tiendrait parole. Elle a ajouté que j'avais une chance de ouf d'être tombée sur un keum comme ça. J'ai souligné toute l'ironie de ma triste vie du fait que nous vivions dans deux pays différents. Enfin, tandis que je n'avais plus qu'une envie, celle de mourir étouffée dans mes draps, Mamie s'est glissée sous ma couette.

— Alors là, Bambina, je suis fière de toi ! Quand on va raconter ça aux autres !

16

— Il appellera j'en suis sûr, me fait Juju en s'enfonçant un cure-dents entre les molaires.

— Arrête de lui donner de faux espoirs, t'es chiant à la fin, beugle Louise, et pose ce machin-là, c'est dégueulasse !

Juju passe désormais sa langue entre ses dents et déforme son visage en grimaces ridicules.

— Mais j'ai un truc coincé… Moi, je suis persuadé qu'elle va le revoir, il va l'appeler, tu verras.

Louise le dévisage par-dessus ses lunettes de soleil.

— Et qu'est-ce que t'en sais, toi ? Tu ne l'as jamais vu, le Catalan !

— Toi non plus à ce que je sache, coupe Juju, agacé.

Je pose mon verre de rosé et j'interviens. S'il y a bien une personne qui devrait être de mauvaise humeur, c'est bien moi ! Je suis rentrée depuis quelques jours et Enrique n'a pas montré signe de vie.

— Eh oh, les gars ! Je suis ici ! Vous parlez de moi comme si je n'étais pas là, ça me met légèrement mal à l'aise.

— Tu nous en as raconté suffisamment pour que je cerne le personnage, me toise Louise : des meufs comme toi, il doit en rencontrer tous les week-ends.

J'ai déjà mentionné le fait qu'elle soit très cash comme fille, non ?

J'observe Juju, face à moi, et le connaissant parfaitement, je sens une once d'agacement.

— Il ne serait jamais allé manger la paella à l'hôtel si elle ne l'intéressait pas un tant soit peu !

J'avais raison, il commence à s'énerver. Louise sourit ironiquement et s'avachit sur sa chaise les bras croisés.

— Ah putain, je l'ai !

Juju brandit fièrement un minuscule morceau d'olive qu'il jette dans le jardin. Je détourne les yeux pour ne pas vomir sur la table.

— Ah, mais t'es vraiment immonde en plus, s'insurge Louise.

Qu'est-ce qui ne tourne pas rond dans cette baraque ? On est tranquilles à boire un apéritif sous un soleil magnifique, mais ils sont d'une humeur de chien tous les deux, là.

Je les dévisage l'un après l'autre et ose :

— Une question. Vous vous êtes engueulés pendant mon absence ?

Louise enlève ses Ray-Ban et souffle.

— Ah ça y est, madame s'en va quelques jours et pense que la maison ne peut pas tourner sans elle !

J'aurais mieux fait de me taire. Encore une fois.

— Bon, écoutez, moi je me tire, demain je me lève tôt pour aller voir mes parents. À plus, les filles.

Juju vide son verre d'un trait, le repose bruyamment sur le plateau, puis se lève et quitte la maison par le portail du jardin. Louise ne bronche pas et plonge sa main dans les Fritelle. J'observe la scène, incrédule face à leurs réactions de préados.

— Non mais sérieux, c'est quoi votre problème ?

— Oh merde, toi aussi ! Ça va ! me balance ma colocataire avant de se lever, me laissant seule face à ma bouteille de rosé et son parterre de biscuits salés.

Un samedi soir sur la terre.

Le lendemain matin, je me lève très tôt pour un dimanche. J'avoue que la scène shakespearienne que m'ont jouée les deux autres la veille m'a relativement secouée. Ou disons intriguée. Ce qui est sûr, c'est que je n'ai aucune envie de traîner toute la journée dans les parages.

— Maman ? Vous êtes à la maison aujourd'hui ? demandé-je à ma mère au téléphone.

À 8 h 40 précises, je passe déjà le péage direction Toulouse.

— Ça va nous faire du bien cette journée, Bambina. Moi ça me ressource toujours d'écouter les conneries de ta mère.

Oui, parce qu'il faut savoir que Mamie est de la partie. J'avais à peine raccroché qu'elle était déjà dans la voiture.

Quel trajet interminable… J'ai droit à un rapport détaillé de tout ce que je dois ou ne dois pas accepter d'un homme. Je n'en peux plus. Le pire est que je ne peux pas me boucher les oreilles puisque je dois tenir le volant. Quelle horreur ! Pour la faire taire, j'ai la merveilleuse idée de monter le son du poste.

— J'adore ! Plus fort, ma chérie !

Elle se met à chanter à tue-tête par-dessus Boulevard des Airs jusqu'à l'entrée du lotissement. Sylvain, Florent, je suis désolée pour le massacre.

— Bonjour ma Léo, s'écrie ma mère depuis le porche de la maison.

Je tire mon sac du siège arrière et la vois me faire des signes à travers les lauriers. Elle pense très certainement que je ne l'entends pas à cause du vacarme du « clan des tondeuses ».

Dans chaque lotissement de banlieue qui se respecte sévit un gang armé de munitions redoutables. Taille-bordures, taille-haies, tondeuses et tronçonneuses sont de sortie dès les premiers rayons de soleil. Dimanche inclus. Mes parents n'échappant pas à la règle.

— Salut Maman, ça va ? dis-je machinalement en lui posant une bise sur la joue.

— C'est à toi qu'il faut le demander ! Et ce voyage, alors ? Ton père m'a dit : « Léona, elle va prendre des couleurs à Barcelone ! », il scrutait la météo, tu penses. Mais je te trouve toujours aussi pâlichonne.

Ça fait plaisir !

— Ne fais pas attention à ce qu'elle dit, Bambina, ta mère a toujours été jalouse de notre teint méditerranéen.

Mamie s'allonge sur le transat de mon père positionné à la même place, sous le chêne, depuis des années.

— Moi, je pense que je vais passer toute la journée ici… se délecte-t-elle.

— Puisses-tu dire vrai, marmonné-je.

À la fin du repas, je constate que mon père n'a pas ouvert la bouche une seule fois. Il a écouté ma mère énumérer les progrès de mon neveu en motricité et en babillage, se plaindre de l'augmentation prochaine de la taxe d'habitation et se lancer dans des commérages sur Martine, la voisine, qui, soit dit en passant, est censée être son amie. Après réflexion, je pense qu'il ne l'écoute même pas. J'ai l'impression qu'il n'est même pas là.

Il a toujours été celui qui ne fait pas de bruit dans les repas, qui ne rit pas trop fort, qui traverse sa vie en toute discrétion. Particulièrement ce jour-là. Jusqu'à ce qu'il se lève.

— Léo, tu viens, on va se balader un peu ? me demande-t-il.

— Euh, mais Maman…

J'avoue qu'il m'a prise de court et que je ne m'y attendais pas du tout, à celle-là.

— Allez-y, avec la journée qu'il fait, ce serait dommage de rester à la maison. Je vais tout ranger et je vais en profiter pour terminer mon livre, fait ma mère.

Bien évidemment, Mamie nous repère immédiatement lorsque nous traversons l'allée et s'empresse de s'incruster dans notre promenade dominicale.

Nous prenons la direction du Jardin des plantes, peut-être mon endroit préféré au monde, car il me rappelle mon enfance. Ma sœur et moi adorions y passer nos journées. Plus tard, il fut le lieu de mon premier baiser. Sébastien Laloge, mon Dieu, je n'avais pas pensé à lui depuis si longtemps. Qu'est-ce qu'il peut bien être devenu, celui-là ? Faudra que je le cherche sur Facebook, tiens.

Mon père et moi échangeons quelques banalités sur mon travail, sur Gaudi qu'il aime beaucoup, sur ma mère, mais il ne faut pas le lui dire. Il me parle un peu de Camille, très peu, juste pour me demander si nous nous voyons toutes les deux, ailleurs que chez eux. Je n'ose pas lui dire que ma sœur et moi n'avons pas évolué dans la même direction. Mamie suit toujours et m'explique que tonton Gino a perdu sa virginité dans un de ces parcs, mais elle ne se souvient plus exactement lequel. Je suis tellement heureuse d'apprendre cela.

Papa souhaite que l'on s'arrête un instant sur un banc.

— Tu sais, l'autre jour, lorsque tu as évoqué ta grand-mère… commence-t-il un brin hésitant.

— Oui, encore une fois je suis désolée, m'excusé-je en jetant un œil vers Mamie qui, intriguée, se rapproche de son fils.

— Non, non, ne t'excuse pas. Écoute, il faut que tu saches quelque chose.

Il s'arrête de parler tandis qu'un voile de tristesse traverse son regard.

— Que je sache quoi ? À propos de Mamie ?

— Ne fais pas ça, Matteo ! s'emporte ma grand-mère qui se lève brusquement du banc.

Je ne comprends pas où il veut en venir ni, surtout, pourquoi Mamie réagit ainsi.

— Vous étiez petites, Camille et toi, alors avec ta mère… Et Gino… Nous sommes convenus qu'il valait mieux vous préserver de certaines choses. Je me rends compte également que cela nous épargnait bien des questions.

— Qu'est-ce que tu veux dire ? le coupé-je.

Son ton et son regard se font désormais graves.

— Léo, Mamie Lina n'a pas eu d'AVC.

Mon père s'interrompt tandis que je le dévisage.

— Arrête, Matteo ! Je t'en prie, vous avez fait ce qu'il fallait.

Ma grand-mère supplie mon père, qui, évidemment, ne l'entend pas.

— Ben, dis-moi ! Papa, dis-moi !

— Elle s'est suicidée, Léo, me balance mon père tel un uppercut dans les narines.

Je ne peux pas croire ce que je viens d'entendre. Mamie Lina, si joyeuse, si drôle, si irrévérencieuse, elle ne peut pas avoir fait ça. En même temps, tout devient tellement limpide. Les secrets, les malaises à l'évocation de son nom, la muraille sentimentale construite par mon père, tout.

Je lève les yeux vers elle :

— C'est vrai ?

Mon père le prend pour lui.

— J'aurais voulu te le dire plus tôt, mais Gino préfère que les garçons ne l'apprennent pas, donc je ne savais pas… Et ta sœur est si fragile, je lui dirai le moment venu.

Je ne l'écoute plus, je n'attends que la réponse de ma grand-mère. Elle se met à genoux devant moi et prend mes mains.

— Pardonne-moi, Bambina, je t'aime, ma chérie. Si je pouvais revenir en arrière…

Elle pose une autre main sur la jambe tremblotante de mon père. Étouffée de sanglots, je m'adresse à lui :

— Pourquoi ?

— Elle m'a laissé une lettre, répond-il en tirant une enveloppe de la poche de sa veste.

Il me la tend et se lève.

— Je vais marcher un peu, je reviens.

Et j'ai lu la lettre

17

Matteo,

Te souviens-tu du petit chien que tu avais à Saubens ? Tu devais avoir huit ou neuf ans, pas bien plus, et tu nous embêtais à longueur de journée, ton père et moi, pour avoir un chien. Ton père n'était pas franchement d'accord, nous avions autre chose à faire à la ferme que de te surveiller, toi, surveillant un petit chien. Mais tu as tellement insisté (enfant, tu étais déjà bougrement têtu et persuasif) que nous avons fini par récupérer ce petit loulou chez les Tonelli à côté.

Qu'est-ce que tu étais heureux ! Gino, le pauvre, n'avait l'autorisation de le promener qu'avec toi. Il était la prunelle de tes yeux et tu avais bien trop peur qu'il le perde. Tu dois te demander pourquoi je te parle de cet animal… Parce que cela restera un des plus beaux souvenirs de ma vie. Ton sourire, ton bonheur, tu rayonnais en découvrant cette boule de poils. Mon grand garçon, tu étais un enfant tellement discret et réservé que te voir exulter comme cela m'a réchauffé le cœur d'une manière que tu ne soupçonnes même pas.

Nous étions heureux à cette époque-là. Nous n'avions pas grand-chose, mais nous avions tout. J'ai l'impression d'avoir vécu deux vies. Une belle, sublime, inoubliable existence auprès de mon cher Carlo et de mes deux bébés, puis celle d'après. Une vie dans laquelle j'avais une place, j'étais une épouse, une maman, et une autre qui m'a totalement échappé. J'ai l'impression que la deuxième dure depuis une éternité et qu'elle prend un malin plaisir à gommer la première.

Je sais très bien que tu penses que j'ai été une mauvaise mère pour vous, une mauvaise personne tout simplement. Tu as raison. Et je m'en excuse, mon fils. Si tu savais combien je suis désolée. J'ai essayé, Matteo, j'ai essayé d'enfermer ma peine à double tour dans un coin de ma tête et de faire mon possible afin que vous grandissiez en ne manquant de rien. Je me suis trompée, complètement.

Ton père n'avait qu'une obsession, celle de vous donner tout ce qu'il n'a pas pu avoir. Pour cela, il travaillait sans relâche et y a laissé sa vie. Je me suis retrouvée totalement démunie lorsqu'il nous a quittés, dans tous les sens du terme. Je savais que les patrons ne me laisseraient pas vivre longtemps sur leurs terres sans Papa. Alors, lorsque j'ai compris que je ne laissais pas les hommes indifférents, j'y ai vu un moyen de nous sortir de là, mais, surtout, de continuer ce que mon Carlo avait entrepris jusqu'à maintenant. Vous assurer un avenir.

Aujourd'hui, je sais que j'ai enchaîné les mauvaises décisions et que cela n'aurait jamais dû se passer comme ça. Hélas, je ne peux pas revenir en arrière. Mais je veux que tu saches que tout ce que j'ai fait, je l'ai fait pour vous.

Je vous aime tellement, inconditionnellement, mes chéris. Lorsque je te vois avec tes merveilleuses filles, je suis tellement émue. Elles sont si jolies, si intelligentes. Léona est sur le point de devenir une incroyable jeune femme et la petite Camille ressemble tant à son grand-père, tu ne trouves pas ? Je te fais confiance pour les protéger comme le plus précieux des trésors.

Gino et toi êtes désormais des hommes, des époux, des papas, et je ne m'empêche pas de penser que je n'ai pas tout foiré tout de même. Papa doit être extrêmement fier de voir ce que sont devenus ses deux garçons, tout comme je le suis.

Matteo, mon grand, je ne te demande pas de pardonner ou de comprendre ce que je suis sur le point de faire, mais de l'accepter si tu le peux. Il est plus que temps pour moi d'attaquer ma troisième vie, celle qui me permettra enfin de retrouver mon Carlo, mon amour. Il n'y a rien que je ne veuille plus que de le prendre dans mes bras, de sentir son odeur, d'entendre sa voix éraillée par la cigarette, de lui raconter tout ce qu'il a manqué. Si tu lèves les yeux vers le ciel, j'espère que tu nous verras, Papa et moi, assis sur un nuage à nous marrer comme des gosses. Et si tu préfères garder la tête penchée, je ne t'en voudrai pas, je viendrai avec le vent t'enrouler de tendresse.

Je t'aime.
Je vous aime.
Mon fils, mes petites, mes amours.

Ta maman.

18

— Tu veux qu'on en parle ? me demande Louise au petit déjeuner.

— Non, ça va, ne t'inquiète pas. Tu termines à quelle heure aujourd'hui ? dis-je en avalant à la hâte mon café trop chaud.

Je suis rentrée tellement bouleversée hier soir que je lui ai tout déballé. Enfin, presque, je ne lui ai pas dit que le fantôme de Mamie me suivait partout. Sinon, Louise sait tout, sur la lettre, sur le suicide de ma grand-mère, sur mes parents qui me l'ont toujours caché. Tout. Après avoir descendu deux tequilas, je lui ai même fait lire la lettre.

— Bordel ! Et moi qui trouvais ma famille cheloue, je m'incline, a-t-elle dit.

Puis elle a soufflé bruyamment dans son Kleenex.

— En tout cas, elle me fait chialer comme une Madeleine, ta grand-mère, a-t-elle repris, quelle histoire ! C'est magnifique et bouleversant ! Tu te rends compte, qu'est-ce qu'elle devait l'aimer, ton grand-père…

J'avoue que, pour l'instant, tout est flou dans mon esprit. J'ai beau enseigner les travers de l'âme et le moi intérieur, je me sens complètement paumée. La Lina qui me colle aux basques est tellement joyeuse, pénible et… j'ai envie de dire « pleine de vie », quoique le terme ne soit pas vraiment approprié, pourtant je ne trouve pas mieux. Quand j'ai eu terminé de lire la lettre dans le parc, Mamie avait disparu. Je pense qu'elle n'a pas voulu m'affronter après cela. Mon père n'en menait pas large non plus, mais, à vrai dire, je ne lui en veux pas. Je n'ai pas d'enfant, mais j'ai Tess dans ma vie, et je l'aime si fort, cette petite tête, que je ferais tout pour la protéger. Peut-être même des erreurs. Louloune a confirmé : « J'aurais sûrement fait pareil qu'eux. » J'espère que ma grand-mère va vite réapparaître, car j'ai énormément de questions à lui poser. Je ne veux pas remuer le passé, je ne veux pas lui faire de peine, encore moins la sermonner. Ce qui est fait est fait, on ne peut pas réécrire l'histoire.

Cela dit, les circonstances de sa mort m'amènent à me poser encore plus de questions sur sa présence ici. Le fait qu'elle ait délibérément choisi de s'en aller a-t-il un quelconque rapport avec son « retour » ? J'ai tellement envie de savoir… A-t-elle retrouvé mon grand-père, finalement ?

Louise me colle une bise sur la joue et attrape son sac sur le sofa. Tandis qu'elle s'apprête à ouvrir la porte, je l'interpelle.

— Louloune, ce qui s'est passé samedi soir, on en parle ?

— Boh, laisse tomber, me fait-elle, excuse-moi, on était de mauvaise humeur, voilà tout.

Louise passe l'entrée, puis se ravise et s'adresse à nouveau à moi.

— J'ai mes règles en plus...

Elle laisse la porte se refermer derrière elle.

Soit. Mais je ne pense pas qu'il en soit de même pour Juju.

— Hep, hep, hep... Où allez-vous comme ça, jolie jeune fille ?

Je me retourne, préparant ma réponse mentalement.

— Monsieur le concierge serait-il de meilleure humeur ce matin ?

Juju m'adresse un large sourire et me fait signe de le suivre dans son bureau. Sa tour de verre, devrais-je dire. Dans ce lycée, on ne peut pas faire autrement que de remarquer l'accueil. En effet, une fois le portail passé, une immense tour entièrement vitrée rappelle aux visiteurs extérieurs qu'il est obligatoire de s'adresser à l'accueil avant d'entrer dans l'établissement. Nul besoin de pancartes ou autre signalétique, la proéminence du bureau du concierge, le susnommé Juju, attire naturellement le nouvel arrivant. Bien entendu, les élèves et membres du personnel se contentent d'un signe de tête en traversant la salle des glaces afin de rejoindre la cour. Juju règne en seigneur et maître des lieux. Je n'exagère pas en disant que même le proviseur le respecte et ne regagne pas son bureau sans l'avoir courtoisement salué.

— Salut ma toute belle, me fait-il en posant sa tasse de thé sur le comptoir. T'as le temps d'en prendre une avec moi ? ajoute-t-il.

— Non, Juju, c'est gentil, mais j'ai cours dans cinq minutes. Passe à la maison ce soir, plutôt !

— Ah ça, sûrement pas, répond-il sèchement.

— Pourquoi ? Vous allez finir par cracher le morceau à la fin ?

Une élève entre à ce moment-là et lui demande la clé de la remise du gymnase.

— T'as intérêt à la rapporter ce soir, tu m'entends ? beugle-t-il à la pauvre petite qui s'était déjà enfuie à toutes jambes.

— Juju… Raconte.

Je fais ma moue suppliante. Il se penche et me chuchote à l'oreille droite comme si quelqu'un pouvait surprendre sa confession.

— Passe me voir à la pause déjeuner. Je laisserai la porte de derrière ouverte.

J'ai l'impression d'être en mission ultra-secrète pour le compte du gouvernement. Jack Bauer a lancé le compte à rebours. Tic-tac. Tic-tac.

La maison est bien silencieuse. A priori Louise rentre avant moi le lundi soir, mais, visiblement, pas aujourd'hui. J'aime beaucoup être seule ici : bien que ce ne soit pas ma maison, je m'y sens bien et je serai très triste lorsqu'il faudra partir. Je ne suis pas stupide, je sais bien que tout cela ne durera pas éternellement. Rien ne dure, de toute façon. Je monte dans ma chambre et ouvre une boîte dissimulée dans mon armoire.

Léona & Camille – 1990. Sur cette photo, ma sœur et moi étions en train de rire aux éclats devant un clown installé place du Capitole. Je ne me souviens pas de ce moment, j'en déduis que ce devait être très drôle, vu nos têtes d'ahuries. Je cherche désespérément des photos de Mamie depuis quelques minutes, mais ma recherche ne s'annonce pas des plus fructueuses. Je n'avais jamais réellement remarqué qu'il n'y en avait pas de ma grand-mère dans cette boîte à souvenirs. Je les sors une par une et mon enfance défile.

Les vacances à Arcachon, les déguisements du carnaval, Camille qui apprend à faire du vélo, Camille qui se vautre lamentablement de son vélo… J'éclate de rire lorsque je tombe sur la photo. Celle que j'attendais.

Léo & Mamie – 1991. Je suis sur une balançoire, dans le jardin, chez mes parents, et Mamie Lina est derrière moi, elle me pousse. J'ai un sourire jusqu'aux oreilles, elle aussi. Je pourrais presque l'entendre me raconter une connerie et se foutre de ma mère qui prend la photo.

— Juste après que nous avons pris cette photo, ta mère s'est pris le pied dans la pierre derrière et a bien failli se manger la porte d'entrée.

Oui, je l'entends en fait. Et je me souviens aussi du vol plané avorté de Maman.

— Mamie, je suis contente que tu sois là.

Ma grand-mère est ici, sur mon lit, assise à mes côtés, et nous restons quelques instants silencieuses à regarder cette image du passé.

— Tu n'as pas changé, Bambina, tu as gardé la même bouille et la même expression du visage lorsque tu ris.

Elle me regarde avec tendresse et passe sa main dans mes cheveux. Je pose la photo avec les autres et lui lance :

— Est-ce que tu l'as retrouvé ?

Son regard se fait interrogateur.

— Pardon ?

— Papy, je veux dire. Est-ce que tu l'as retrouvé ?

Elle baisse la tête et s'humidifie les lèvres avec sa langue.

— C'est bien plus complexe que cela, ma chérie. Ce que tu dois savoir, c'est que j'ai trouvé la paix, oui, ça, c'est sûr.

Mamie lève les yeux et regarde par la fenêtre. La vue depuis ma chambre est sublime. Perchée sur les coteaux, cette maison nous donne l'impression de dominer le monde. Les champs et les vignes s'étalent à perte de vue et, par temps clair, les montagnes des Pyrénées se dessinent au loin.

— Y a quelqu'un ? Léo, t'es là ?

— Je suis en haut, j'arrive !

Une adorable petite voix recouvre celle de Louise tandis que je descends les marches deux à deux.

— Eh, crapule, mais qu'est-ce que tu fais là ?

J'embrasse Tess sur les cheveux et me tourne vers sa mère.

— Barbie a des contractions, elle a été hospitalisée, je suis allée récupérer la petite, me dit Louise.

Tess prend la télécommande et le générique de *Princesse Sofia* envahit la maison.

— Cela ne m'arrange pas du tout, cette histoire… J'avais plein de trucs de prévus cette semaine, moi, râle ma colocataire.

— On se débrouillera, lui répondé-je, je suis là, moi.

Louise cesse de pianoter sur son portable et jette sa veste sur le tabouret.

— Oh, je le sais bien… Merci ma Léo.

Elle me fait un câlin en passant devant moi.

— Tess, baisse un peu s'il te plaît !

La petite nous fusille du regard et s'exécute.

J'ouvre le réfrigérateur et en sors des poivrons, des avocats et des filets de poulet.

— La puce, fajitas, ce soir ?

— Oh oui, oui, s'exclame Tess en sautant comme un cabri sur le canapé.

— Louloune, ça te va ?

— Impeccable, répond-elle.

J'attrape la planche à découper et me lance.

— Rien de neuf à me raconter ?

Louise referme un tiroir de la cuisine.

— Euh, non… Pas spécialement.

Menteuse !

— Pourquoi ? demande-t-elle.

— Boh, rien, comme ça.

OK, on va se la jouer comme sur un échiquier.

Tess passe un bout de cheveu par-dessus le bar et nous annonce solennellement qu'elle monte mettre son pyjama.

— J'ai déjeuné avec Juju à midi…

Notez que je laisse volontairement cette intervention en suspens. Louloune ne prête pas attention à ma remarque et s'active à nettoyer énergiquement les malheureux poivrons sous le jet d'eau.

— On a discuté un peu.

— Bon, ça va ! fait-elle, subitement démasquée.

Tel Kasparov, je menace dangereusement son roi.

— Il t'a tout dit, c'est ça ?

— Disons qu'il m'a informée de certaines choses que tu nous aurais cachées et qui l'ont particulièrement agacé…

Je la sens bouillir dans mon dos.

— OK, je sors avec Laurent, j'avoue. T'es contente !

Alors celle-là, je ne m'y attendais pas. Je bluffais, bien entendu. Juju m'a expliqué lors de notre déjeuner s'être engueulé avec Louise pendant mon absence, car il avait découvert qu'elle voyait quelqu'un, mais qu'elle ne voulait pas nous en parler. Oh, scandale ! Pour Juju, il est inadmissible de ne pas rapporter la moindre information concernant sa vie privée à ses meilleurs amis. Inadmissible.

J'hésite entre consternation et hilarité. La deuxième option l'emporte. J'essaie de lui demander entre deux larmes compulsives.

— Laurent ? Tu veux dire, « le » Laurent du lycée ? De Barcelone ?

— Vas-y, marre-toi, vas-y !

Ce qui est sûr, c'est que les poivrons vont être propres. On ne va pas choper de salmonelle.

— Évidemment, t'en connais combien, de Laurent ?

Il faut que je prenne sur moi, je sens qu'elle commence à se vexer.

— Attends, mais je veux tout savoir, Louloune ! Il n'a absolument rien dit à Barcelone.

Je ne le crois pas…

Je tire le tabouret du bar vers moi, m'y installe et ajoute :

— Et depuis quand ? Est-ce que c'est sérieux ?

— Je voulais t'en parler, tu sais, murmure Louise, le feu aux joues.

Tess déboule comme une fusée, nous interrompant au mauvais moment.

— Maman ! Maman ! Regarde, c'est Mamie Lina ! hurle la gosse en brandissant ma photo sous le nez de sa mère.

Je sens le sol se dérober sous mes pieds.

— Quoi ? Qu'est-ce que tu racontes ?

Louise saisit la photo, la retourne et lit l'inscription au dos de celle-ci.

— C'est Mamie Lina, ajoute Tess fièrement.

Échec et mat.

Et Enrique a téléphoné

19

Louise n'a pas eu la réaction que je craignais. Elle ne m'a pas mise à la porte, elle n'a pas appelé le 15 pour nous faire interner, Tess et moi, elle n'a pas non plus cherché un exorciste sur le Net. Elle s'est contentée de dire à sa fille :

— Ah ben, ça alors, elle aurait pu nous dire, cette coquine de Léo, qu'elle la connaissait !

Elle m'a lancé un regard entendu.

Je ne pensais plus une seconde à Laurent ni à ses cachotteries, elle non plus, d'ailleurs. Nous avons passé la soirée toutes les trois à déguster nos fajitas comme si de rien n'était. Puis Louise a couché la petite et est redescendue s'asseoir face à moi.

— Alors, tu me racontes ? Mamie Lina ?

— Alors, tu me racontes ? Laurent ?

J'ai tenté de faire diversion, mais ça n'a pas marché.

S'il y a bien une personne au monde en qui j'ai une entière confiance, c'est Louise. Et je sais que c'est réciproque. Je me sens plus proche d'elle que de ma propre sœur. C'est ainsi fait, l'amitié : un jour, on rencontre une personne qui nous est totalement étrangère et qui nous devient indispensable. Tout le monde devrait avoir sa Louise à ses côtés.

— C'est une longue histoire… ai-je commencé.

— Alors j'ai bien l'impression qu'il va nous falloir une bière.

Je lui ai tout raconté, l'hôpital, mon réveil, Mamie dans les toilettes, Tess, le Matheux, mes parents, Barcelone… Jusqu'à la lettre. Elle est d'abord restée impassible, sirotant sa bière et buvant mes paroles. Elle a déclaré :

— Et donc, ma fille la voit aussi ? Cette vieille, elle ne se l'invente pas ?

— J'en ai bien peur, ai-je répondu.

Louise s'est tapoté la lèvre inférieure, a réfléchi un instant avant d'ajouter :

— Alors, comme ça, j'ai emmené le fantôme de ta grand-mère à Disneyland ?

Nous sommes toutes deux parties d'un innommable fou rire, celui qui te fait mal au ventre et qui est impossible à stopper. Nous ne pouvions même plus nous regarder sans nous bidonner à en pleurer. Nous avons parlé de Mamie jusque tard dans la nuit. On a pensé à la tête de Juju s'il apprenait ça et on en a presque fait pipi dans notre culotte. Je ne sais pas si Louise m'a vraiment crue, mais, en tout cas, elle ne m'a pas jugée et elle s'est intéressée, réellement, à mon histoire. Elle sera toujours mon amie, quoi qu'il puisse se passer. À combien de personnes pouvez-vous raconter ce genre de choses sans qu'elles vous tournent le dos ?

Nous avons fini par nous endormir d'épuisement sur le canapé. J'ai ouvert un œil pour tirer une couverture sur moi et j'ai vu Mamie qui me souriait.

Ou bien ai-je rêvé ?

« *Agenais ! Allez, allez, allez... Agenais ! Allez, allez, allez...* »

C'est le dernier match de la saison, Agen affronte Oyonnax et semble bien parti pour l'emporter. Juju chante à tue-tête, Louise balance son drapeau de gauche à droite sans se soucier d'assommer le monsieur devant elle et Mamie insulte l'arbitre. Bien que très réticente au début, je me suis sacrément habituée aux samedis à Armandie et j'avoue que l'été va me sembler bien long. La mi-temps est sifflée sous la ferveur des supporters lot-et-garonnais.

— On va se chercher une bière ? demande Juju.

Je me lève de mon siège.

— Je te suis. Louloune, tu viens ?

— Non, je suis bien, là. Allez-y sans moi, répond-elle en se prenant en photo pour son compte Instagram.

— OK, comme tu veux.

Juju tente de se frayer un chemin entre les gros costauds qui s'agglutinent devant le bar quand quelqu'un me tape sur l'épaule.

— Salut la plus belle ! Je ne t'ai jamais remerciée pour avoir parlé de moi aux collègues !

Ben voilà…

— Salut Mathieu, dis-je sans daigner le regarder.

— C'est marrant que je tombe sur toi ce soir parce que j'ai pensé à toi toute la semaine, me fait-il à l'oreille en essayant de couvrir le brouhaha des rugbymen. Et sache que je ne t'en veux pas une seconde pour ce que tu as dit sur moi, la colère a parlé à ta place.

Qu'est-ce qu'il ne faut pas entendre !

— Ah, tiens donc.

Je n'y crois pas une seule seconde. Il a eu maintes et maintes fois l'occasion de venir me voir ces dernières semaines, mais il a préféré faire le mort. De toute façon, c'est de l'histoire ancienne, je n'ai aucunement l'intention de replonger dans cet engrenage sans issue. Maintenant il y a Enrique. Dont je n'ai pas de nouvelles, mais il y a Enrique quand même.

— Je me disais que ce serait sympa qu'on dîne ensemble un soir, non ?

Mathieu recule pour me regarder droit dans les yeux. Qu'il a incroyablement beaux, il faut le reconnaître.

Tu rêves, mon pote !

Juju arrive sur ces entrefaites, les bras chargés de verres de bière dégoulinant de toutes parts.

— Sympa d'être venue m'aider !

Il lance un regard noir au Matheux.

— OK, je comprends mieux, ajoute-t-il.

— Écoute, Mathieu, je suis ravie de t'avoir croisé, mais je dois y aller. À plus !

Je tourne les talons et tente de rattraper Juju qui détale plus vite que son ombre. Arrivée à son niveau, je lui prends un verre des mains. Il me dévisage.

— Sérieux ? Tu ne vas pas nous refaire ce coup-là ?

— Mais non…

Agen l'emporte sur le score de 23 à 19, il ne nous en faut pas plus pour que cela parte totalement en vrille. Les supporters sont en liesse, les klaxons retentissent et Mamie chante bras dessus, bras dessous avec une inconnue à moitié nue au visage peint en bleu et blanc. Louise, Juju et moi terminons la soirée dans un bar branché de la ville où l'ambiance se veut festive et enjouée. On chante, on rit, on boit plus que de raison. En milieu de nuit, je ne sais plus quelle heure il est ni où se trouvent mes amis. En revanche, je sais où se trouve la langue de Mathieu.

Je suis une grosse conne, je le sais aussi. Mais il fait beau, on touche l'été du bout des doigts, on est heureux. On fait ce que l'on peut. Voilà tout. Lorsqu'il s'est approché et que nous avons dansé sur l'air entraînant de Kendji, ça a dérapé. Mamie a bien tenté de me faire les gros yeux, de me menacer de me coller aux basques *ad vitam æternam*, rien n'a marché. Il m'a regardée, je me suis hissée sur la pointe de mes Converse et je l'ai embrassé. Tandis que ses mains baladeuses m'entraînent dans un coin reculé, ma tête et ma conscience tentent une mise au point de la situation. Je les renvoie dans leurs vingt-deux sans ménagement. Fin de partie.

Il sent bon, Mathieu, j'ai toujours aimé son odeur, mais je ne lui ai jamais demandé le nom de son parfum. Au loin, j'entends la musique, les rires, et je sais que j'ai tort de faire ce que je fais, mais l'ambiance et les vapeurs de bière m'emportent. Mathieu glisse ses doigts dans la poche arrière de mon jean et fait malencontreusement tomber mon portable à terre. Je me dégage de son étreinte pour le ramasser et mon cœur s'arrête lorsque je regarde l'écran furtivement.

Enrique
Appel manqué (1)
Nouveau message

Vous y croyez, vous, aux coups de pied au cul de la vie ?

20

— Je veux mourir…

— Mais non, tu dis ça parce que tu es en colère contre toi-même.

Louise me pose une tasse de tisane détox brûlante sous le nez et me tire par les cheveux pour me forcer à lever la tête.

— Il dit quoi sur le message ?

Je tends la main vers mon téléphone portable et la voix d'Enrique résonne dans le salon.

« *Salut Léo, c'est Enrique. Excuse-moi de te déranger un samedi soir, je voulais savoir si tu étais disponible cette semaine afin que je vienne te voir, j'arrive en France demain. Voilà, je te souhaite une bonne soirée… À plus.* »

— Et tu attends quoi pour le rappeler ? demande ma colocataire en sucrant ma boisson.

— Je te signale que lorsqu'il me laissait ce message j'étais en train de me faire examiner le gosier par mon ex.

— Mais on s'en fout, s'insurge Louise, t'étais bourrée ! On l'était tous, d'ailleurs, hier soir. T'as l'intention de le revoir, le Matheux ?

— Non.

— Alors, allez, appelle !

Elle me glisse le portable sous le nez. Je l'attrape timidement et monte dans ma chambre.

— Je t'avais bien dit de…

Revoilà Mamie.

— Ah non, ne commence pas ! grogné-je à l'attention de ma grand-mère.

Vous vous êtes déjà entraînés devant le miroir avant de téléphoner à quelqu'un ? C'est pathétique, non ? Comme s'il pouvait nous voir. Bref, j'ai récité mon texte une dizaine de fois avant d'appuyer sur la touche « Appel ». Pour, au final, dire absolument l'inverse de ce que j'avais prévu.

— Allô ?

— Euh… Oui… euh… Salut, c'est Léo…

— Salut Léo, comment ça va ? T'as eu mon message ?

Calme… Essaie d'avoir une voix normale. Il n'y a aucune raison pour qu'il devine ce que tu faisais la veille.

— Oui, euh… Je l'ai eu. Tu es chez ta mère ?

— Oui, je suis arrivé il y a un peu plus d'une heure. Si tu veux, je peux venir dans la semaine ? Je ne veux pas te déranger.

Lui, il a l'air tellement à l'aise, si décontracté au téléphone. Je ne sais pas comment ils font, ces gens-là, les ultra-sociables.

— Non, euh… Oui. *Enchaîne !* Je veux dire, je serais ravie de te voir. J'ai très peu, voire pas de cours cette semaine, les examens ont commencé, donc quand tu veux.

— Super ! Je peux être là mercredi en fin d'après-midi si c'est bon pour toi ?

Et comment que c'est bon, je vais compter les minutes. Quel jour on est déjà ?

— C'est parfait, appelle-moi quand tu arrives à Agen, je te retrouverai par là, OK ?

Je te retrouverai par là… ??

— Ça marche, à mercredi. Bisous.

Bisous… Je t'aime… Non, c'est « too much ».

— À mercredi.

— Celle-là ? ai-je demandé à Louise avant de retrouver Enrique.

— Non, je préfère la noire, elle est plus décolletée, elle met ta poitrine en valeur, m'a-t-elle répondu en lorgnant mes seins.

— C'est notre premier rendez-vous, je ne vais pas déballer la marchandise tout de suite !

— Tu ne sais pas ce que je donnerais pour avoir la même paire que toi, alors déballe ! C'est votre deuxième rendez-vous, en plus.

Je me suis regardée une nouvelle fois dans le miroir. Avec Louise, nous avons passé l'après-midi du mercredi à me choisir une tenue. Telles deux ados pour leur premier bal du lycée. Pire même, car les ados ne se préoccupent pas de leur épilation. Je me suis scrutée de dos et j'ai également opté pour la robe précédente.

— Allez, va pour la noire !

— Tu le retrouves à quelle heure ? a demandé Louloune en feuilletant *Cosmo.*

— Il m'a envoyé un texto il y a quelques minutes, on se retrouve à la sortie d'autoroute à 19 heures.

— Tu l'emmènes manger au City, tu sais, le nouveau restaurant en centre-ville ?

J'ai acquiescé et vérifié mon arrière-train dans la glace de ma chambre avant de regagner la salle de bains. Derrière la cloison, Louise a ajouté :

— Tess n'est pas là, tu peux le ramener ici si tu veux, après !

J'ai passé la tête dans le coin de la porte.

— Ça ne va pas ! Il a réservé une chambre en ville. Je ne suis pas comme ça, moi.

— J'en connais une qui va passer la nuit à l'hôtel...

Bon, peut-être.

Cela semble tellement improbable pour moi que j'ai du mal à réaliser la soirée que je suis en train de vivre. Comme dans toutes les rencontres, je pense, le dîner est parfait. Quoi que tu manges, quoi que tu boives, quel que soit l'endroit, si la personne en face de toi est celle que tu attends, plus rien n'a d'importance. Évidemment, nous avons déjà passé une soirée ensemble à Barcelone, mais, au milieu de mes collègues et de soixante adolescents surexcités, ce n'était pas franchement l'idéal. Ce soir, en revanche, j'ai enfin compris ce que j'ai lu, vu ou entendu des centaines de fois. La sensation d'être enfin à sa place, naturellement. Nous n'avons pas besoin de jouer un rôle, comme nous l'avons tous fait lors de rendez-vous galants, tout nous semble normal. J'ai l'impression que nos chemins devaient se croiser, ce n'était qu'une question de temps. Je me suis immédiatement sentie à l'aise et rassurée à ses côtés.

— Il y a quelque chose de troublant chez toi, me dit-il avant que l'on nous serve le dessert, ce côté totalement désinvolte qui peut disparaître par enchantement pour laisser place à une profonde gravité.

— J'ai l'impression de passer aux rayons X, confessé-je en souriant.

La serveuse nous dépose deux tiramisus.

— Tu as déjà vécu une relation sérieuse ? souhaité-je savoir.

— Une ou deux, mais mon métier ne me laisse pas beaucoup de temps pour fonder quelque chose de stable. Ce n'est pas évident.

J'ai treize semaines de vacances par an et travaille dix-sept heures par semaine, je ne vais pas lui dire que je comprends.

— Et toi ? me demande-t-il en retour.

— Disons que ce n'était pas ma priorité dans la vie : j'ai grandi avec un modèle très classique où les femmes sont de braves épouses et de bonnes mères. Ma sœur a suivi le chemin, mais, je ne sais pas pourquoi, j'ai toujours cherché à m'émanciper de ce modèle.

Il est pédiatre, pas psy, calme-toi, Léo !

— Jusqu'à maintenant, ajouté-je pour lui faire passer un message.

— Qu'est-ce qui te fait changer d'avis ? me questionne-t-il en essuyant les résidus de mascarpone sur sa barbe.

— La maturité, sûrement. Et aussi les voyages scolaires !

Il me tend une perche, je la saisis, non ?

Enrique n'est pas seulement d'un charme irrésistible, il est drôle, intelligent et sensible à la fois. Nous avons parlé de nos vies respectives, de nos familles, de nos projets. Il m'a fait rire, il m'a troublée, il m'a émue. Il est allé directement se servir dans mon cœur et s'y est fait une place à tout jamais.

En sortant du restaurant, il s'approche de moi et pose ses mains sur mon visage. Nous restons immobiles quelques secondes, les maîtres du temps ont appuyé sur pause, seul mon cœur veut quitter ma poitrine tant il se croit sur un champ de course. Ensuite il me sourit et m'embrasse.

Dans un film, on entendrait Ben Harper grattouiller sur sa guitare et le cameraman s'éloignerait pour élargir la scène jusqu'au générique final. Mais comme on n'est pas au cinéma, moi, je vois Mamie au coin de la rue, les deux pouces en l'air.

Et on avait du sable plein les chaussures

21

Dix-heures moins dix.

Dans quelques minutes, le proviseur viendra accrocher les résultats du baccalauréat devant les grilles du lycée. Cette année, pour jouer le jeu jusqu'au bout avec eux et surtout pour faire taire Maël qui traitait les profs de crevards, les accusant de connaître les résultats avant et de ne pas les leur donner, j'ai décidé de les découvrir en même temps que mes élèves. Je ressens leur stress, leur impatience, et j'avoue être aussi excitée qu'eux. Je suis assez confiante cette année, ils ont super bien bossé, mes petits. Je les observe, avec leurs cigarettes roulées, faire de grands gestes et rire nerveusement : j'ai une énorme boule d'émotion dans la gorge. Qu'est-ce qu'ils vont me manquer... Je m'attache beaucoup à mes élèves, mais, à ceux-là, encore plus. Cette année aura été particulière pour bien des raisons.

— Madame, faut pas pleurer, vous allez l'avoir, le bac !

Mourad se plante à mes côtés et me donne un coup de coude. Je lui adresse un immense sourire, alors que je meurs d'envie de le prendre dans mes bras. Derrière cette façade de petit mec super-cool à l'humour ravageur, je surprends son émotion mal dissimulée lorsque je passe mon bras sur son épaule pour avancer vers la grille.

Dix heures.

Ils crient, sautent de joie, pleurent, téléphonent à la terre entière… Un nouveau monde s'offre désormais à eux. Un monde où tout est possible, qui leur réservera bien des surprises, des bonheurs, du travail et des chagrins. La vie des adultes leur tend les bras. Je suis extrêmement fière et heureuse pour eux, mais, en même temps, je vois sous mes yeux s'envoler leur insouciance à tout jamais.

— Madame ! J'ai mention « bien » !!

Maël manque de m'emporter avec lui dans son élan d'excitation.

— Super ! Je suis très heureuse pour toi, tu le mérites, Maël.

— Ah c'est ouf, ajoute Mourad, vous avez vu ça ? On l'a presque tous eu. Avec des mentions de guedins !

Un petit mot retient toute mon attention au moment où je tente de me frayer un chemin pour accéder au tableau.

— Comment ça, « presque tous » ?

Mourad saute comme un cabri et ne m'écoute évidemment plus. Je pousse des coudes et me dresse sur la pointe des pieds pour tenter difficilement de voir les résultats.

Merde !

— Je peux m'asseoir ?

Mathilde a du mascara plein les joues et souffle bruyamment dans un mouchoir en papier.

— Oui, me fait-elle entre deux sanglots.

— Tu veux en parler ?

— Je savais que je m'étais plantée, mais je visais au moins la repêche… Je suis dégoûtée !

— Je sais que c'est facile à dire, mais, tu sais, une année, c'est rien. J'en ai vu d'autres échouer à l'examen et l'avoir brillamment l'année suivante.

J'essaie tant bien que mal de la réconforter, mais je sais qu'il n'y a rien de pire que de voir tous ses copains exulter et quitter le lycée définitivement sans nous.

— J'ai trop la quinte en plus, je suis la seule ! Même l'autre bouffonne, la Laura, elle n'a rien foutu de l'année, elle l'a eu !

— Dis-toi qu'on va passer une année de plus ensemble.

Je suis vraiment trop forte pour réconforter les adolescentes.

Mathilde s'essuie le nez du revers de sa manche et me sort de but en blanc :

— Au fait, votre Espagnol, il est revenu ?

Oh que oui. Il est revenu. Après notre magnifique soirée au restaurant, il m'a raccompagnée chez moi, tel un gentleman. Juju a trouvé cela étrange, mais je m'en fiche, pour moi, c'était absolument parfait. Il est absolument parfait. Nous nous sommes revus chaque jour jusqu'à ce qu'il soit obligé de rentrer à Barcelone. Notre dernière nuit ensemble fut au-delà de toutes mes attentes. Bien que je ne veuille pas m'emballer au risque d'être encore déçue, j'ai bien l'impression d'avoir rencontré l'homme de ma vie. Je dis « nuit », car, évidemment, je ne suis pas rentrée chez moi ce soir-là. Après une étreinte interminable dans sa voiture, il m'a proposé de le suivre dans sa chambre d'hôtel. On dit que les Méditerranéens sont « caliente », ben, ce n'est pas une légende. En y repensant, j'ai encore le feu qui me monte aux joues. D'ailleurs, Louise et Juju m'ont fait passer un interrogatoire dès le petit déj.

— Tu sens le sexe ! m'a reniflée Louloune alors que je venais à peine de passer la porte.

— Bonjour à tous, ai-je répondu l'air de rien en remarquant la présence matinale de Juju.

— Juju, viens sentir !

Il s'est levé du canapé.

— T'as dormi ici ? lui ai-je demandé en remarquant ses espadrilles aux pieds et son jogging Asics.

— N'essaie pas de changer de sujet, coquine, a insisté Louise d'un ton amusé.

— Oui, a répondu Juju, on a fait une soirée à la maison hier soir, je ne pouvais pas conduire pour rentrer.

Il s'est arrêté et m'a reniflée.

— On dirait bien qu'il y en a une autre qui n'a pas beaucoup dormi…

— Ça va, lâchez-moi, tous les deux.

Peine perdue.

— C'était comment ? Sauvage ou romantique ? m'a questionnée Louise en prenant une voix suave.

— Il est meilleur que le Matheux ou pas ? a renchéri Juju.

— Bonne question, Juju ! lui a dit Louloune – puis, dans ma direction : Alors ?

Je me suis avachie sur le bras du canapé.

— C'était magique. Cet homme est un diamant brut.

Tandis que les deux autres buvaient mes paroles, Mamie est intervenue :

— Je ne me suis jamais tapé d'Espagnol, moi...

— Je prends cette chambre ! a hurlé Louise.

Nous venons à peine de passer un orteil dans la sublime villa que nous avons louée pour les quinze jours à venir qu'elle fait déjà sa loi. Ce n'est même pas la peine que je tente de jeter ma valise, j'imagine qu'elle a dû prendre ses quartiers bien avant de nous prévenir.

— Oh, t'es relou, Louloune ! Merde ! C'est toujours toi qui choisis en premier ! râle Juju.

Nous avons passé des heures sur Airbnb avant de nous mettre d'accord sur cette maison avec vue et accès direct sur la plage de Mimizan.

Louise s'est attribué d'office la plus grande chambre, Juju se bat avec la télécommande afin d'ouvrir les volets roulants du salon, j'en profite donc pour admirer la vue un instant. C'est magnifique. Il est encore tôt. Sur la plage, il n'y a que les surfeurs et les promeneurs avec leurs chiens. Je déclare officiellement les vacances d'été ouvertes.

— Il arrive quand, Laurent ?

— Vendredi normalement, me répond Louise qui s'assoit à mes côtés sous le porche d'entrée.

Je la regarde et passe mon bras autour de son épaule.

— Je suis vraiment heureuse pour toi, ma Louloune, il est super, ce gars !

— Merci, Léo, je trouve aussi.

Elle rougit.

— Je suis vraiment amoureuse, tu sais ?

— J'ai compris, lui fais-je, le sourire aux lèvres. Et mon petit doigt me dit que c'est réciproque.

— Tu sais ce que m'a dit Tess avant de partir chez son père ?

— Non.

— Elle a dit : « Tu sais, Maman, Laurent, il est gentil, si tu veux tu peux te marier avec lui, on sera d'accord avec Léo. »

Nous sommes toutes deux parties d'un éclat de rire qui a attiré Juju. Et nous avons passé notre première matinée assis en rang d'oignons, tous les trois, à observer les vagues, bercés par le ronronnement du vent. On a tendance à l'oublier, mais il n'en faut pas plus.

L'océan, le goût du sable sur les lèvres et des amis en or.

22

Laurent me fusille du regard, car je viens de prendre la main pour la deuxième fois d'affilée.

— Elle a pris à quoi déjà? demande Juju.

— Cœur, répond Louise hyper-concentrée sur son jeu.

Je ne suis pas très forte à la belote, je sais y jouer, disons vaguement, mais je n'excelle pas. Heureusement, Mamie est derrière moi.

— C'est bon, t'inquiète, Bambina, ils n'ont rien.

Oui, bon, on triche un peu.

— Je suis obligée de couper, là? je demande tout haut.

— Évidemment, c'est toi qui as « pris »! vocifère sèchement Laurent.

Dans l'oreillette, Mamie me confirme que mon coéquipier va monter. Je remporte la mise et Laurent me fait un signe de tête d'approbation. Mamie passe derrière Louise.

— Elle est cuite, me fait-elle, balance la sauce!

— Ça me stresse, moi, de remporter la mise, je ne sais jamais par quoi commencer après.

Juju trempe ses lèvres dans la manzana et m'agresse :

— T'es sûre que t'as déjà joué, toi ?

— Elle sait jouer. Ferme-la, le saucisson !

Mamie…

Mon portable se met à vibrer.

« Je serai là vers 10 heures demain matin, c'est bon ? Bisous. »

Je pose mes cartes face contre table et réponds :

« Aucun souci, à demain, bisous. »

— Enrique sera là demain matin, dis-je à Louise.

— Cool, on a tous trop hâte de le rencontrer, me fait-elle en classant son jeu.

— Je le connais déjà, moi, intervient Laurent, tout fier.

— Bon, on joue ou on parle de son mec jusqu'à demain ?

Juju commence à s'agacer, il me semble. Mamie s'approche de mon jeu, jette un œil vers les autres, puis me tape sur l'épaule.

— Bambina, t'as la dame et le roi de cœur ! Je n'avais même pas fait attention !

Je la regarde, étonnée, en attendant la suite. Elle me souffle les instructions tandis que Laurent sent le coup venir.

— Belote, me fait-elle dire.

— Allez… râle Juju.

Un tour de plus, je les achève.

— Et rebelote !

Laurent exulte, Juju fait la gueule et Louise nous dévisage par-dessus ses lunettes.

— Vous voulez que je vous dise ? On est pathétiques ! On est à Mimizan, un samedi soir, et on joue aux cartes… Pff.

Elle n'a pas tort.

Enrique est arrivé le lendemain avec sa valise, ses lunettes de soleil et son sourire à tomber. Il m'a embrassée et m'a suivie à l'intérieur, où tout le monde était déjà debout pour le rencontrer.

— Je te présente Louise, Juju, et tu te souviens de Laurent ?

— Enchanté, leur a-t-il lancé en se penchant vers Louise.

Après lui avoir fait la bise, elle s'est retournée discrètement vers moi et a chuchoté un « Waouh ! » dans ma direction.

— Hey ! Johnny ! Bien sûr que je me rappelle, comment vas-tu ?

Laurent a tenté de gratter le sol avec ses doigts de pied pour se creuser un abri. Les autres, au courant de ses talents de danseur, ont explosé de rire. Présentations faites, nous sommes allés dans ma chambre poser ses affaires.

— Tu m'as manqué, tu sais ? m'a-t-il lancé une fois seuls.

— J'imagine à quel point ça a dû être dur pour toi ces jours-ci, oui…

Enrique a grimacé, m'a poussée sur le lit et nous n'avons pas quitté la chambre avant 13 heures.

— Tu restes avec nous jusqu'à dimanche ? l'a questionné Louise en piquant les saucisses.

— Je ne sais pas trop, lui a répondu Enrique, je reprends mardi à l'hôpital, j'ai peur d'être crevé si je fais la route au dernier moment.

Je lui ai pris la main et l'ai supplié :

— Reste... C'est le paradis ici, non ?

Il a caressé ma joue et Laurent est intervenu en ma faveur.

— Surtout qu'on a un programme d'enfer pour cette dernière semaine de vacances ! Au fait, ce week-end, on va à Bayonne !

— Mais oui ! s'est exclamé Juju.

— Enrique, t'es obligé de venir aux férias avec nous, a ajouté Laurent.

— Je ne sais pas trop, je n'y suis jamais allé.

Stop. Pause. Temps mort.

Tout le monde s'est arrêté net et a braqué son regard sur mon pauvre Enrique. Moi y compris. Juju a joint ses deux mains sous son nez et s'est lancé :

— Tu n'es jamais allé à Bayonne ou dans une féria tout court ?

Sa gêne et son silence ont répondu à sa place. Nous nous sommes regardés, sidérés.

— Donc tu es espagnol et tu n'as jamais fait de féria ? a continué Juju.

Enrique a explosé de rire et a levé sa main droite.

— Je le jure, Votre Honneur, je n'y ai jamais mis les pieds.

— Eh bien, a lancé Louise en reprenant sa préparation du repas, c'est le pompon sur la Garonne !

— Le pompon sur la Garonne… a répété Mamie, assise sur le plan de travail, sans lâcher des yeux le pauvre Enrique, qui, visiblement, ne comprenait pas un traître mot de la vanne de ma colocataire. La cerise sur le gâteau, quoi.

Le soir même, à table, Laurent nous lâche une perle.

— Demain, j'ai décidé de suivre le Juju et de tester le surf…

Juju crache sa bière dans la pelouse.

— Tu vas te lever à 5 h 30 demain matin pour venir surfer avec moi ? Toi ?

— Chéri, sois raisonnable, dit Louise.

— Ben quoi ? Les gros n'ont pas le droit d'essayer ? s'agace Laurent.

— Ce n'est absolument pas ce qu'on a dit, mon amour. Mais sois réaliste, le surf est un sport très complet et tu n'es pas… Comment dire…

Enrique écrase sa cigarette et coupe tout le monde.

— Banco, on y va tous les trois !

On le dévisage tous.

— Tu surfes, Enrique ?

— Cela m'est arrivé, répond-il.

Le lendemain matin. 7 h 30. Plage sud. Mimizan.

Je n'ai pas le souvenir d'avoir autant ri de toute ma vie. Louise et moi n'aurions manqué cela pour rien au monde et nous en avons pour nos frais. Oui, enfin, frais de se lever à 6 heures du matin à la fin du mois de juillet. Laurent, sur une planche de surf, est absolument hilarant. Nous sommes installées sur la plage depuis quinze minutes et nous ne l'avons pas encore vu debout. Le pauvre est embarqué par les vagues et se retrouve échoué comme une orque qui aurait perdu son groupe.

— J'interviens, non ? me demande Louise en s'essuyant les yeux.

— Tu rigoles ? Ah non, laisse-le, c'est trop drôle ! En plus, il n'a pas l'air découragé, lui… dis-je en répondant d'un signe de la main au « coucou » de Laurent.

Nous sommes reparties à nous marrer comme des gamines.

— Enrique, il gère trop, par contre.

Elle a raison. Je le regarde au loin, se promener sur les vagues. Cela a l'air tellement facile pour lui. Tout a l'air tellement facile pour lui. Existe-t-il une chose qu'il ne sache pas faire en ce bas monde ? Ce mec est trop parfait pour être réel. Il me fascine et me fait peur en même temps. Qu'ai-je de spécial à lui offrir, moi ? Louise perçoit mon trouble.

— Ça ne va pas, Léo ?

— Tu crois qu'il va lui falloir combien de temps avant de partir ?

— Nous y voilà, me fait-elle, Léona dans toute sa splendeur !

Je baisse la tête et creuse dans le sable avec mes Converse. Elle continue :

— C'est ça ton problème, Léo ! Avant même qu'une personne soit entrée dans ta vie, tu attends déjà qu'elle reparte. Ouvre les yeux, enfin. Il est là ! Il traverse un pays pour toi, il se tape même des vacances avec des relous comme nous pour être avec toi.

Je souris.

— Ouvre-toi, Léo. Tu as tout ce que l'on peut espérer de la vie, ne le laisse pas filer, OK ?

Au loin, Laurent qui approche, empêtré dans sa planche, nous interrompt.

— Chérie ! Viens m'aider, s'il te plaît !

— Ah, je crois que Kelly Slater en a ras la combi !

J'éclate de rire.

Ma grand-mère s'approche et vient s'asseoir à mes côtés.

— Elle a raison, mon cœur. Tu as trouvé ton Carlo.

Et il a fallu rentrer

23

« *Allez, allez, les bleu et blanc de l'Aviron bayonnais,*
C'est la peña, c'est la peña baiona,
On est tous là, allez les gars, encore une fois…
Allez, allez… »

Il n'existe pas meilleur endroit au monde pour perdre son groupe que les fêtes de Bayonne. Il n'est pas rare de croiser des filles attachées les unes aux autres par leurs foulards ou leurs ceintures. Ce sont elles, les moins bêtes, en effet, rien ne ressemble plus à une personne vêtue de blanc avec un foulard rouge que des milliers de personnes vêtues de blanc avec un foulard rouge. Une sorte de *Où est Charlie ?* géant en trois dimensions.

Juju m'a suppliée de m'arrêter une minute afin qu'il refasse son lacet et nous voilà donc seuls, tous les deux, au milieu de la foule.

— T'es chiant, Juju, comment va-t-on faire pour les retrouver maintenant ?

Il m'adresse un sourire narquois et me montre son téléphone portable.

« La petite Louise est attendue place des Victoires par ses parents. »

— Viens, on va se boire une bière en attendant, me fait-il en m'entraînant vers la bodega la plus proche.

À peine avons-nous réussi à atteindre le bar pour commander que son portable vibre dans ses mains.

« On est avec la Banda del Toro, aux arènes. On vous attend là. »

— Ben, ils vont attendre un petit peu, dit Juju en levant son verre vers moi.

— À la tienne, lui répondé-je.

Nous buvons une gorgée en nous trémoussant au son des tambours et trompettes.

— Léo… Il faut que je te dise quelque chose tant que nous sommes tous les deux.

— Qu'est-ce qu'il y a, Juju ? T'en fais une tête.

Il se racle la gorge et s'approche un peu.

— Tu te souviens lorsque Marine m'a envoyé le fameux message et que je suis parti chez mon frère ?

— Oui…

— Je n'étais pas à Pau en fait.

Tiens donc.

— Ah ? Et où étais-tu ?

— J'ai roulé jusqu'à Bordeaux et j'ai pris le premier vol pour Paris : le matin même, je me suis envolé pour New York.

Je le coupe, stupéfaite.

— Non ???

— Si. Je suis allé la retrouver.

— Je n'en reviens pas… Et alors ?

— Quand je suis arrivé chez elle, elle n'était pas là, elle bossait encore. J'ai attendu dehors sur les marches, car personne n'a voulu me donner le code pour entrer. Après, on te parle de l'amabilité et de l'accueil chaleureux des Américains, mon cul, oui…

— Juju ! Accouche ! Je m'en fous de ça !

— Oui, oui, pardon. Au bout d'un peu plus d'une heure, elle est arrivée. Je m'étais préparé à toutes les éventualités, qu'il puisse même y avoir un autre mec dans l'histoire, mais je devais en avoir le cœur net et surtout je voulais la voir, tu comprends ?

J'acquiesce de la tête, il reprend.

— Elle a été vraiment surprise, choquée même de me voir là. On est montés, puis je lui ai dit ce que j'avais sur le cœur, que je l'aimais sincèrement et que je n'avais aucune intention de la laisser partir. Elle a juré qu'il n'y avait personne d'autre, qu'elle m'aimait aussi, mais qu'elle ne supportait plus de vivre comme cela. Elle a eu une proposition de job, tu sais ?

Comment veux-tu que je le sache ?

— Non, et donc ?

— Donc…

Juju détourne les yeux.

— Et donc, Juju ?

— On a passé vingt-quatre heures magnifiques, des retrouvailles, quoi ! Elle m'a dit qu'elle ne pouvait pas laisser passer cette chance, qu'elle s'en voudrait toute sa vie si elle rentrait en France…

J'ai compris. Sans même qu'il me le dise, j'ai compris.

— Tu t'en vas, c'est ça ?

Sans attendre sa réponse, des larmes roulent déjà sur mes joues, occultant les *festayres* qui chantent les bras en l'air autour de nous.

— J'ai donné ma démission au proviseur en juin. Je pars la rejoindre début septembre, confesse-t-il sans oser croiser mon regard.

— Louloune est au courant ?

Il éclate en sanglots dans mes bras.

— Je n'arrive pas à le lui dire. Il faut que j'y aille, Léo, tu comprends ? Je ne voulais pas gâcher les vacances, je préférais attendre avant de t'en parler.

Évidemment que je comprends. J'ai mal au cœur à en crever, pourtant je ne peux pas lui en vouloir. Je le serre si fort que je pourrais l'étouffer.

— Je la déteste, ta copine, mais bien sûr que je respecte ton choix, mon Juju…

Il se recule et prend mon visage ravagé par le mascara coulant entre ses mains.

— Tu ne viendrais pas avec moi, par hasard ?

Je souris.

— Sur ce coup, tu vas devoir te débrouiller tout seul !

— Tu ne peux pas m'en vouloir d'avoir essayé, répond Juju.

En rejoignant les autres, je traverse la foule comme un zombie. Juju, notre Justin adoré, nous quitte. Je lui en veux tellement à l'autre, là-bas ! Je lui en veux parce qu'elle va m'enlever ma lumière, mon fou rire du matin, mon petit frère. Je l'envie en fait, car avoir Juju dans sa vie, c'est une chance inestimable et j'espère qu'elle s'en rend compte. On se regarde et je lui prends la main.

— T'as un miroir dans ton sac ? me demande-t-il.

— Je crois, oui, pourquoi ?

— Avant de retrouver Enrique, je pense qu'il vaut mieux que tu le sortes et que tu te regardes.

Qui me dira ça après ?

Visiblement, Enrique, Laurent et Louise n'ont pas vécu le même mélodrame que nous. Nous les retrouvons assis par terre, en file indienne, accompagnés de dizaines d'inconnus pour un *paquito* géant. Enrique m'aperçoit et se lève.

— Alors, vous en avez mis du temps, dit-il.

— On s'est un peu perdus, répond Juju en m'adressant un clin d'œil.

Je lui saute dans les bras et me réfugie contre lui.

— Ça va, ma Léo ?

— Très bien, je lui mens en l'embrassant.

— L'année prochaine, on revient, lance Enrique, j'adore ! Avec Lolo, on s'éclate trop !

Nous dansons, chantons, rions... J'essaie de mémoriser mentalement cette soirée, qui est loin d'être parfaite, mais nous sommes tous là, pour l'instant.

— Merci, me souffle Enrique à l'oreille.

Je fais un mouvement de recul afin de pouvoir le regarder dans les yeux.

— Merci pour quoi ?

— Pour m'avoir laissé entrer dans ta vie.

Laurent nous interrompt d'un « la la la... », je prends une longue inspiration et rétorque en désignant le futur gagnant de « The Voice » :

— Cette vie-là ?

Enrique s'esclaffe.

— Je t'aime, Léo.

Mon cœur s'arrête net. Mes jambes ne me soutiennent plus que par solidarité. Nous ne sommes plus à Bayonne, mais quelque part entre la Lune et Mars, je ne sais pas exactement où. Ce qui est sûr, c'est que nous sommes seuls au monde. Pour la deuxième fois de la soirée, ma gorge fait un saut à l'élastique depuis l'Everest. La vie est faite de malheurs absolus et d'immenses bonheurs, moi je viens de vivre les deux en l'espace d'une heure.

— Moi aussi, je t'aime, m'entendé-je lui répondre dans un nuage de paillettes et de licornes à poils ras.

La Banda del Toro lance les premières notes de « Can't Take My Eyes Off You » et je suis persuadée qu'ils la jouent pour nous. Sauf que non.

Les musiciens se mettent à former un cercle sous les yeux et l'acclamation des fêtards.

— Il va y avoir un spectacle ? me questionne Enrique.

— Je n'en sais rien, dis-je, intriguée.

La foule se presse autour du groupe tandis que nous nous frayons un chemin afin de ne pas manquer le spectacle. Je m'attends à un jongleur ou un truc du genre, ce serait drôlement sympa. Le grand costaud avec son tambour s'écarte afin de laisser passer Laurent au milieu du cercle. *Laurent ?*

La musique s'arrête brusquement et tout le monde se tait. Il cherche parmi les curieux et arrête son regard sur Louise qui lui demande du bout des lèvres s'il n'est pas devenu fou. Naturellement, les gens s'écartent alors qu'il s'agenouille devant elle.

— Louise, ma chérie, mon amour, je t'aime de tout mon cœur.

Je porte mes mains à mon visage de stupéfaction et Juju émet un cri étouffé. Laurent sort un écrin de la poche de son pantalon blanc et continue.

— Veux-tu m'épouser ?

Le grand costaud roule discrètement des baguettes sur son tambour. Nous sommes suspendus aux lèvres de Louise qui pleure comme une Madeleine.

— Oui ! s'écrie-t-elle sous les sifflets et les applaudissements des *festayres* autour tandis que l'air de Gloria Gaynor fait son retour.

Juju exulte et saute partout, Enrique tape des mains et moi… Ben, moi, j'ai mal au bras gauche, je pense que je vais faire un infarctus.

Heure du décès : 2 h 43.

24

— Tu es sûr de vouloir emporter cette horreur ? Déjà que les Américains vont devoir se farcir tes vannes, si tu pouvais leur éviter ta vieille veste immonde.

C'est tout Louise ça, dédramatiser par l'humour. Parce que, franchement, aider Juju à vider son appartement, ce n'est pas vraiment drôle. On a eu beau avoir tout le mois pour nous y faire, les changements de la rentrée sont un peu durs à avaler. Après Bayonne, Juju a rapidement informé Louise de son intention de partir vivre aux États-Unis avec sa copine.

— C'est n'importe quoi, a-t-elle dit, si tu commences ta vie de couple en cédant à tous ses caprices, ça ne te mènera nulle part !

— Louloune… Je te jure de venir passer les fêtes de Noël ici, a promis Juju.

— De toute façon, tu seras revenu d'ici là.

Il ne lui en a pas tenu rigueur, nous savions tous les trois qu'elle a réagi ainsi pour ne pas s'effondrer.

Mais il n'y a pas que cela. Laurent et Louise vont se marier. Une fois le choc de la demande passé, elle s'est demandé si cela n'allait pas trop vite, ils ont donc décidé d'emménager ensemble d'abord et de programmer un mariage pour l'année prochaine, si tout se passait bien d'ici là. Il faudra évidemment que la cohabitation avec Tess se fasse progressivement, mais cela ne m'inquiète pas. Tess est une enfant formidable, équilibrée et mûre pour son âge.

— Tu n'es absolument pas obligée de partir, Léo !

— Enfin, Louloune, je ne vais pas rester vivre avec vous, c'est évident, ai-je répondu à Louise lorsque nous sommes rentrées à Agen.

— La maison est grande et je ne peux pas concevoir que tu t'en ailles toi aussi.

Elle a sangloté.

— Louise… On savait toutes les deux que ce serait temporaire, cette vie d'ados attardées.

J'ai réussi à la faire rire.

— Alors on met les vieux d'à côté à la maison de retraite et tu t'installes ici, a-t-elle fait en désignant la villa des voisins.

— C'est une idée, mais on va plutôt me trouver un appartement sympa et tu vas m'aider, OK ?

J'ai passé les deux dernières semaines des vacances d'été à visiter des maisons en colocation ou des apparts. Mamie ne m'a pas quittée d'une semelle. Peut-être a-t-elle senti mon mal-être ? Parce que ça faisait beaucoup de changements en peu de temps tout de même. Et Enrique me manquait atrocement.

— Ça avance, tes recherches ? m'a-t-il demandé par téléphone.

— Demain je vais voir un loft sur les coteaux agenais. Sur photo, il n'est vraiment pas mal, après, en vrai, on verra bien. Ta journée s'est bien passée ?

— Je suis crevé, j'ai enchaîné trois gardes d'affilée. Je ne sais pas si je vais venir le week-end prochain, ma puce, je vais remplacer mon chef de service normalement.

Je suis au fond du seau.

— Léo ? T'es encore là ?

— Oui, oui, je comprends.

En fait, ce que j'ai surtout compris à ce moment-là, c'est pourquoi Juju quittait la France. Parce qu'elle a raison, sa Marine, les relations longue distance, ça craint. C'est pourri même. Et cela le sera encore plus quand je serai seule le soir dans mon appartement, sans les dessins animés de Tess et les coups de gueule de Louise.

— Voilà, tout est là ! Tout ce que je traîne avec moi de l'autre côté de l'océan, dit Juju assis sur un carton, dans cette grande pièce désespérément vide.

— Ton frère récupère le reste ici ou ton père le lui apporte ? questionne Louise.

— Je laisse tout sur place, dimanche mon père viendra tout prendre et rendra les clés au propriétaire.

Je sors prendre l'air, suivie de près par ma grand-mère.

— Ça va aller, Bambina, laisse-le partir, le saucisson.

J'éclate en sanglots.

— Je croyais que tu étais venue pour m'aider ? Qu'est-ce que je vais faire sans eux, moi ?

Mamie se plante face à moi.

— Tu dois voir au-delà, Bambina. Fais un bilan de la situation et dis-moi ce qui ne va pas ? Je t'écoute. Tes amis sont heureux, tu as un chéri extra et plutôt canon qui plus est, tu as un travail qui te plaît, tu as un petit cul à faire pâlir les danseuses de cabaret…

— Mamie, sois sérieuse !

— Moi, ce que je vois, ajoute-t-elle, c'est que tu vas pouvoir visiter gratos les États-Unis et que tu vas prendre des cours de langue espagnole… (Elle me donne un coup de coude.) … si tu vois ce que je veux dire ?

Même le poteau électrique voit ce qu'elle veut dire !

— Que tu vas enfin pouvoir te balader à poil chez toi…

Elle me sort une liste interminable de points positifs à cette situation merdique et conclut :

— Par pitié, essaie de voir ce que je n'ai pas vu, concentre-toi sur ce qui est beau et non sur tout ce qui ne va pas.

On dirait un coach en développement personnel.

OK. On se reprend, en plus, j'ai une idée.

— Les gars, dis-je en déboulant dans la pièce, je sais ce qu'on va faire de notre dernière soirée !

La Traviata. Toulouse. 20 h 15.

Le bar est encore calme à cette heure-ci. Après avoir roulé une heure et demie, Bruno Mars à fond les gamelles, nous voilà posés en terrasse, prêts à commander.

— Humm, j'ai trop la dalle... L'entrecôte me fait de l'œil, réfléchit Juju, tu crois qu'ils les font aussi bonnes, les Amerloques ?

— Tu ferais bien mieux de prendre une salade landaise parce que t'es pas près de remanger du foie gras de sitôt.

Louise m'écoute lui répondre et le scrute de la tête aux pieds.

— Ça ne va pas te faire de mal, le régime hamburger-frites et beurre de cacahouète !

La serveuse vient prendre notre commande. Juju hésite, comme d'habitude, il lui faut trois heures pour choisir entre quatre plats, mais il a pris la décision de changer de vie en dix secondes. Bref. Louise opte pour des *bocconcini al marsala*.

— Excellent choix, ma belle, valide Mamie en sniffant la fumée de la cigarette de Juju.

M'étant donné envie à moi-même, je demande une salade landaise, vinaigrette à part. Ils en mettent toujours trop.

— Alors maintenant qu'on est là, tu vas enfin nous expliquer pourquoi tant de mystère autour de cet endroit, fort sympathique au demeurant, n'est-ce pas, Juju ? questionne Louise en détaillant les lieux.

— Absolument ! De toute façon, vous savez à quel point j'adore Toulouse, moi, renchérit le garçon de la bande.

— Pas tout de suite, petits curieux ! Mangeons et vous aurez la surprise pour le dessert.

Une fois notre dîner terminé, nous rejoignons l'intérieur du café et nous installons à une table à quelques mètres de la scène. Les lumières s'éteignent lorsqu'une femme élégamment vêtue dans sa robe bleue scintillante fait son entrée sur scène. Elle jette un œil au pianiste et sa voix s'élève dans la salle. Dès les premières notes, je reconnais qu'elle nous livre sa version de « Just The Way You Are » et elle n'est franchement pas dégueulasse. Feu Barry White n'a qu'à bien se tenir. Je suis subjuguée, je n'ai d'yeux que pour elle.

Louise l'observe, bouche bée, puis m'interroge :

— Attends, mais je rêve ou…

— Oui, c'est ma mère !

Et Mamie est repartie

25

— Bonjour à tous, je suis Léona Tricani, votre professeur de philosophie. Comme vous le savez, nous allons passer beaucoup de temps ensemble cette année. En section littéraire, le programme est dense…

Je connais ce discours de rentrée scolaire par cœur, depuis le temps que je le crache mot pour mot. Au troisième rang, Mathilde me fait un clin d'œil que je lui rends discrètement. Je ne le dirai jamais à personne, mais les redoublants me rassurent, c'est comme si j'avais déjà un allié au milieu de ce terrain miné et inconnu. Et d'être rassurée, j'en ai drôlement besoin en ce moment.

Juju est parti il y a maintenant une semaine, nous nous écrivons constamment sans nous soucier ni les uns ni les autres du décalage horaire. Je lui ai envoyé une photo du nouveau concierge, une tête de con. Cela dit, il pourrait être Mandela, je le détesterais quand même. Rien que son nom à la place de celui de Juju sur la porte me glace les veines. Il va me falloir du temps pour m'y habituer. Marine et lui viendront passer les fêtes à Agen, je compte déjà les jours. Il a l'air de s'y être fait, Juju, à la vie américaine. Le gros point positif est que, là-bas, il n'est plus Justin Brignoux, mais « Jeust-Inn Bwigueneus ». Il se la pète grave, mais je suis heureuse pour lui.

Moi, j'ai emménagé dans mon nouvel appartement hier. C'est le chantier, il y a des cartons partout, mais c'est chez moi et je le trouve assez sympathique. Laurent m'a aidée à monter les meubles, sous le commandement de Louise. C'était rock and roll. Il posera définitivement ses valises chez elle à la fin du mois ; pour l'instant, ils sont en rodage pour ne pas trop perturber Tess. Mon bébé, ma Tessou d'amour… Elle a demandé à son père si on pouvait faire un roulement sur trois semaines pour m'inclure dans le planning de garde. Aimable, qui est encore plus aimable depuis qu'il n'a pas obtenu sa mutation et qu'il a un nourrisson qui ne fait pas ses nuits dans les pattes, a immédiatement appelé Louise pour savoir « ce que c'est encore que ce bordel ? ». Faute de mieux, je suis officiellement devenue la nounou attitrée du mercredi aprèm.

— Alors Léo vient me chercher à l'école, puis elle vient avec moi à la danse et je mange chez elle, t'as bien noté, Maman ? a-t-elle imposé à sa mère.

Je lui ai aménagé une chambre rien que pour elle, avec un poster de *Princesse Sofia*, une petite commode pour ranger ses affaires, un miroir de fée. Elle aura ici tout ce qu'elle voudra de toute façon.

Comme ce fut dur de fermer la porte de la maison, le dernier jour. Tant de souvenirs sont remontés en moi, tant de fous rires, d'engueulades pour des bêtises, de soirées pizza, de cadavres de bouteilles de rosé… Un morceau de vie si fort, si intense. Dans cette maison, j'ai rencontré ma deuxième famille, celle que l'on se choisit. Je quitte cet endroit grandie, heureuse et fière d'avoir vécu ici. Un autre chapitre m'attend aujourd'hui, peut-être sera-t-il encore plus beau et plus fort que le précédent ?

J'ai retrouvé Enrique à Barcelone la semaine dernière et nous avons passé deux jours fantastiques. Il m'a demandé de l'attendre dans le hall de l'hôpital à mon arrivée. Lorsque le chauffeur de taxi m'a déposée devant la fameuse clinique barcelonaise, je pense que je n'avais pas encore compris le métier qu'exerçait mon amoureux. Il m'a raconté des dizaines d'anecdotes sur des patients ou autres, mais le voir se diriger vers moi en blouse blanche m'a fait un choc.

Pour moi, Enrique est le sublime serveur, fan de football, de jeux de mots, de chansons paillardes et de soleil ; pour eux, il est le docteur Dià, pédiatre. J'ai compris à quel point j'avais pu être stupide de râler quand il me disait qu'il ne pourrait pas venir me voir. J'ai compris qu'il s'occupe toute la journée de petits bouts, souvent pas plus grands que Tess, qui comptent sur lui. J'ai compris que des mamans lui confient ce qu'elles ont de plus cher au monde.

Il a croisé mon regard et m'a souri. Tout devenait clair pour moi. Sa capacité à rire de tout, à s'émerveiller d'une chose qui nous semble insignifiante, cet éternel sourire greffé à son visage, son envie de tester tout ce qu'il ne connaît pas, son engagement sans faille auprès de son père… Et je suis censée enseigner la vie à des gamins. Que sais-je réellement de la vie, moi ?

Nous avons passé la soirée dans le bar de son père, qu'il m'a présenté.

— Alors voilà la petite Française, s'est-il exclamé avec un fort accent espagnol.

— Léo, enchantée, ai-je répondu en lui tendant la main.

— Ici, ma chérie, on s'embrasse, a fait le papa en me collant sa moustache sur les pommettes.

Enrique lui ressemble trait pour trait, cela en est même troublant. Je sais déjà de quoi il aura l'air dans trente ans ! Si ça marche entre nous, j'essaierai juste de le dissuader pour la moustache. En tout cas, ils ont le même regard chaleureux et il m'a immédiatement mise en confiance.

— Je ne sais pas comment est ta maman, mais ton père, en tout cas, est génial !

— Ma mère t'adorera aussi, elle est plus « française », me répondit Enrique en mimant des guillemets, mais vous vous entendrez très bien.

— Qu'est-ce que tu as contre les Françaises ? lui demandai-je en lui tapant sur l'épaule.

Le lendemain, il m'a fait découvrir la ville selon ses habitants, c'est-à-dire très différemment de notre guide lors du voyage avec les élèves. Nous avons passé une magnifique journée jusqu'à ce qu'il me raccompagne à l'aéroport avant de prendre sa garde de nuit.

— Tu m'envoies un message dès que tu es arrivée, mon cœur, m'a-t-il dit en m'aidant à sortir ma valise du coffre.

— Si j'y pense, oui !

— Ha, ha, ha ! Très drôle, mademoiselle Tricani !

— Je t'aime, lui ai-je déclaré avant de regarder le panneau indiquant les portes d'embarquement.

Enrique m'a répondu par un baiser avant de s'éloigner. La gorge nouée comme lors de chaque séparation, j'ai attrapé ma valise et l'ai traînée comme un fardeau.

Sauf que cette fois-ci Enrique est revenu sur ses pas.

— Léo, s'est-il écrié, me faisant me retourner, attends !

Il a grimpé les marches deux à deux.

— T'en penserais quoi si je demandais à finir mon internat en France ?

Le sourire type banane martiniquaise a traversé mon visage et je l'ai pris dans mes bras.

— J'en pense que ce serait une idée carrément pourrie !

— C'est ce que je me disais aussi.

Il a ri et j'ai failli manquer mon avion. Un instant, j'ai cherché partout autour de moi afin de pouvoir le dire à Mamie.

Sauf que Mamie est repartie.

Définitivement.

26

Toulouse. Dix jours plus tôt.

Une fois la chanson terminée, nous avons applaudi à tout rompre. Louise et moi étions survoltées et Juju ne comprenait pas exactement pour quelle raison.

— Elle assure, c'est un fait, mais j'ai l'impression que vous collectionnez ses albums en douce depuis toujours, nous a-t-il fait en nous dévisageant, l'air incrédule.

Louise a sifflé entre ses doigts.

— C'est ma mère, lui ai-je balancé.

Juju... Ouh ouh... Houston, ici la Terre, vous nous recevez ?

— Cette diva à la voix groove est ta mère ?

Il l'a regardée, m'a regardée, a regardé Louise, a regardé tout le monde autour et ajouté :

— Non... Sérieusement ?

Nous l'avons laissée terminer son concert, puis je me suis levée pour la rejoindre devant la scène.

— Maman…

— Léo ?

Elle aurait vu Mamie elle aussi qu'elle n'aurait pas été plus surprise ni horrifiée.

— Mais qu'est-ce que tu fais là ?

— J'ai appelé Papa tout à l'heure pour savoir si tu chantais ce soir, il me l'a confirmé et me voilà ! Je voulais te faire la surprise, mais j'avoue que c'est toi qui m'as scotchée, là !

Elle est devenue aussi rouge que les rideaux de la scène.

— Tu es là depuis le début ?

— Oui, je suis venue avec Louise et Juju, tu te souviens de lui, n'est-ce pas ? ai-je demandé en désignant mes deux acolytes assis à leur table.

— Tu aurais dû me le dire !

La sœur cachée de Barry White s'est barrée en courant pour laisser place à ma mère.

— Maman… Tu es incroyable sur scène, ta voix… Je n'en reviens pas.

— C'est vrai ?

Elle a baissé les yeux comme une gamine venant de se faire choper en train de fumer en douce. Puis Louise et Juju se sont joints à nous, l'ont félicitée, et nous sommes retournés au bar, laissant ma mère se changer et reprendre ses esprits.

Mes amis sont rentrés seuls ce soir-là. J'ai bien vu que ma mère était troublée de s'être ainsi révélée devant moi et je lui ai demandé si je pouvais passer la nuit à la maison. Le lendemain matin, nous avons longuement parlé de la veille, je l'ai presque suppliée de montrer au monde entier de quoi elle était capable, mais surtout à Camille. Pauvre Camille, quand j'y pense, qui ne sait rien de tout cela, ni pour Mamie non plus.

— Je ne veux pas perturber ta sœur, cela pourrait lui faire un choc, a fait ma mère.

Pourquoi est-ce que tout le monde dans cette maison cherche à protéger une fille qui vit dans Wonderland ?

— Papa, tu es d'accord, toi aussi ? Il faut qu'elle lui en parle ? Et aux autres, non ?

Mon père s'est contenté d'un « poh » et a repris sa lecture de *La Dépêche du Midi*. Pitié, qu'Enrique et moi ne devenions jamais ce genre de couples qui se fichent totalement de ce que fait l'autre. J'ai continué à embêter ma mère jusqu'à ce qu'elle appelle ma sœur et qu'elle l'invite à déjeuner.

— C'est une blague ? a fait Camille en recrachant la moitié de son verre de rosé sur la table basse.

Elle m'a interrogée du regard.

— Non, non, c'est vrai, je suis allée la voir hier soir au club.

— Thomas ? Tu savais ?

Son mari l'observe dubitatif, fait non de la tête et redonne un gâteau apéritif à mon neveu sur ses genoux.

— Et arrête de lui donner ça, c'est dégueulasse !

De deux choses l'une, soit cet homme n'est qu'une enveloppe corporelle et il n'y a personne qui vit à l'intérieur, soit il est sous hypnose permanente et ma sœur ne nous a jamais parlé de son talent secret elle non plus. Vous avez deux heures.

En tout début d'après-midi, mon père a avalé son café à la hâte et nous a dit :

— Les filles, dépêchez-vous de finir votre thé, on y va !

On y va ? Comment ça, on y va ?

— On va où ? a demandé ma sœur.

— Vous verrez bien !

Avant de sortir, mon père a lancé à ma mère :

— Tu restes ici avec Thomas et le petit, on n'en a pas pour longtemps.

Le disciple de Messmer a continué de boire son café comme si de rien n'était et ma mère, visiblement au courant, a acquiescé.

— Mais, Papa, sérieusement, on va où ? ai-je insisté.

Je n'ai pas réussi à savoir avant de voir au loin le panneau « Saubens ». J'ai immédiatement compris.

Nous nous sommes garés au bord de l'allée et Papa a sorti un pot de tulipes jaunes du coffre de la voiture. Je n'ai pas jugé bon de lui dire, à ce moment-là, que ce n'était pas le meilleur endroit pour les conserver. Camille m'a fait un signe de tête afin de me demander si je comprenais, je l'ai encouragée à nous suivre. Papa a un peu hésité avant de retrouver l'endroit exact, puis nous avons fini par nous arrêter.

Famille Tricani était gravé sur la stèle et quelques plaques mortuaires aux messages « À mon époux »,

« À notre papa », « À notre mamie » ornaient la tombe de mes grands-parents. Nous sommes restés quelques secondes silencieux et mon père en a déplacé quelques-unes afin de déposer son pot.

Il nous a regardées, les yeux humides, et a sorti quelque chose du sac plastique qu'il se trimballait depuis la maison. Un ange souriant posé sur un nuage adressait le message « À Maman » sur cette jolie plaque aux couleurs pastel. J'ai pris la main de ma sœur, qui pleurait à chaudes larmes, et posé mon autre main sur l'épaule de mon père agenouillé devant la tombe de Mamie.

— Elle adorait les tulipes jaunes, nous a-t-il dit lorsque nous remontions l'allée tous les trois, il faudra penser à les arroser, hein, les filles ?

Camille a proposé de me raccompagner en début de soirée. Mon père l'a prise dans ses bras et l'a serrée très fort avant que nous partions. Je n'ai pas compris le geste à ce moment-là. Dans la voiture, ma sœur a fini par me parler. Elle m'a expliqué que le fait de voir Papa prêt à baisser la garde lui a fait prendre conscience qu'elle devait en faire de même. Je ne comprenais toujours pas. Camille s'est mise à pleurer et m'a avoué être soignée pour une dépression depuis plusieurs mois. Je n'en savais rien. Elle a dit qu'elle avait honte, qu'elle avait peur, qu'elle se sentait misérable. Ma petite Camille était en souffrance et je n'ai rien remarqué. Je ne voyais que ce qu'elle voulait bien me montrer et je n'ai pas cherché à creuser plus.

— Papa et Maman savent depuis longtemps, mais je leur ai fait promettre de ne rien te dire, a-t-elle murmuré. Tu es mon modèle, Léo. Je préfère que tu me voies comme une femme au foyer nunuche plutôt que comme une paumée mal dans sa peau.

Je n'ai rien vu. Je n'ai rien compris. Je n'ai cessé de me trouver minable à côté d'elle durant tout ce temps. Les non-dits, surtout avec les êtres chers, peuvent être dramatiques. Elle m'a ensuite dit qu'elle regrettait de ne pas se souvenir de Mamie et que j'avais beaucoup de chance, moi, de l'avoir connue. Mon père m'avait expliqué vouloir attendre le bon moment pour lui révéler toute l'histoire, ce soir, je savais pourquoi.

Ma sœur m'a déposée devant la maison déjà endormie et je suis restée quelques minutes à tirer sur la cigarette volée à Thomas.

— Depuis quand tu fumes, Bambina ?

— Je ne fume pas, je tente de nouvelles expériences, ai-je répondu à ma grand-mère, qui s'était assise à côté de moi.

— Dure journée ?

— Arrête, l'ai-je coupée, je sais très bien que tu étais là.

Elle m'a embrassée sur le front.

— Merci ma chérie, je t'aime.

Je lui ai tendu la clope.

— Ce ne sont pas les mêmes que Juju, mais tu peux en sniffer un peu si tu veux !

Elle a ri et s'est levée.

— Tu embrasseras bien fort Tess pour moi et garde un œil sur elle, sa mère est un peu trop coincée !

Mon sang n'a fait qu'un tour dans mes veines.

— Qu'est-ce que tu veux dire ? Mamie…

— Maintenant je vais pouvoir retrouver mon Carlo, m'a-t-elle répondu avec un immense sourire, mais sois sûre que je serai partout où tu regarderas.

J'ai compris.

— Papa… Tu n'étais pas là pour moi, n'est-ce pas ?

— Ton père ne s'est jamais pardonné de vous avoir caché la vérité. De même qu'il n'a jamais accepté mon geste, jusqu'à aujourd'hui, m'a expliqué Mamie Lina, me fixant droit dans les yeux.

— Je n'ai rien fait pourtant. Qu'est-ce qui s'est passé pour qu'il nous parle enfin ? Pour qu'il *te* parle enfin ? ai-je tenté de comprendre.

— Tu as grandi, ma chérie. Il a vu en toi la femme que tu deviens, celle qui est prête à tout entendre. Le fait que tu déploies enfin tes ailes lui a permis d'ouvrir les siennes.

Des larmes chaudes brûlaient mes joues.

— Mamie, si tu n'avais pas été là…

— C'est toi, ma Bambina, qui étais là pour moi.

Elle m'a envoyé un baiser volant et s'est éloignée dans la nuit.

Et la fin de l'histoire est arrivée

27

— Elle aurait dû se réveiller depuis un moment maintenant, je ne sais pas si c'est normal !

— T'es pas médecin, toi, fais-leur confiance un peu, et puis, si tu es là pour envoyer de mauvaises ondes, tu sors !

Juju est rentré ?

— Je dis juste que cela m'inquiète qu'elle n'ait toujours pas ouvert les yeux, c'est tout !

Ils parlent de qui ? De moi ? Qu'est-ce que j'ai mal à la tête…

— Louloune !!! Elle bouge, regarde, elle bouge !

J'essaie, oui ! Je ne sais pas ce qu'on a bu hier soir, mais je galère trop.

— Tu penses qu'il faudrait que l'on sonne ?

Tu veux sonner qui ? Cela ne s'arrange pas, mon pauvre Juju !

J'ouvre les yeux.

— Hey… Léo, ça va ? me demande Louise, son visage collé au mien.

Juju me dévisage comme un demeuré. Je tourne la tête tandis qu'une douleur d'un autre monde me rappelle à l'ordre.

— On est où ? je tente de baragouiner avec la langue aussi pâteuse qu'un lendemain de match.

— Chut… N'essaie pas de parler, me fait Juju en me tenant la main, on a prévenu le docteur, il va arriver.

Une larme roule sur la joue de Louise.

— Tu as eu un accident de voiture, mais tout va bien maintenant.

Quand ? Hier soir ? Merde, Camille !

— Hier ? questionné-je.

Ils se regardent discrètement.

— Euh… Non. Il y a quelques semaines et ils t'ont mise dans un coma artificiel pour t'éviter de souffrir le temps que tes blessures guérissent, explique Louise.

Je scrute la chambre d'hôpital et je suis subitement prise de nausées.

— Avec le bus, c'est ça ? m'exclamé-je en regardant Juju.

— Dieu soit loué, sa mémoire est intacte, s'écrie-t-il.

— Oui, tu es rentrée dans un bus, Léo, tu as eu beaucoup de chance…

Louise continue de parler, mais je ne l'écoute plus. Je regarde par la fenêtre et n'arrive pas à saisir ce qui est en train de se passer. J'espère de tout mon cœur que je suis en plein rêve et que l'on va me rendre ma vie. Cette sensation de « déjà-vu » m'oppresse, j'aurais besoin que l'on défonce la fenêtre afin de respirer. Cette même fenêtre que je me souviens parfaitement avoir tenté d'ouvrir, il y a quelques mois, lorsque je me suis réveillée dans cet hôpital. Les dessins de mes élèves sont là, le bouton rouge qui m'a permis de remporter « Koh-Lanta » n'a pas bougé et même le mec de *La Quatrième Dimension* se fout de ma gueule depuis le couloir.

— Ne bouge pas, Léo, reste tranquille, me dit Louise, puis s'adressant à Juju : va voir les infirmières pour que le doc se bouge un peu le train !

Elle me regarde de nouveau avec tendresse.

— T'as pas intérêt à nous refaire un coup pareil, toi !

Je tente un sourire du bout des lèvres et elle reprend en changeant d'attitude :

— Remarque, si ! Quand tu vas voir ton médecin... Si tu ne prends pas son numéro en sortant, c'est moi qui le fais !

Tant bien que mal, j'essaie de rassembler mes idées et surtout de garder mon calme, car, intérieurement, je suis en ébullition. La douleur lancinante dans ma clavicule, le bloc-notes des infirmières, le bus, cette chambre, tout me renvoie presque un an en arrière. Mon cœur me brûle et j'ai envie de hurler en comprenant que je viens peut-être effectivement d'ouvrir les yeux.

Si je me réveille à l'instant, alors Mamie n'est jamais venue. Si je me réveille à l'instant, alors Enrique n'existe pas.

— Je peux te laisser seule une seconde ? questionne Louloune, je vais voir pourquoi personne ne vient.

— Oui…

Alors que Louise s'éloigne, je parcours la chambre des yeux et peine à accepter cette réalité qui me coupe le souffle. Un détail m'intrigue, cependant. Le bouquet de fleurs sur la table de nuit est différent de mon souvenir. La couleur des tulipes dans le vase n'est pas la même. Elles étaient rouges et flétries, j'en suis sûre, et celles-ci sont jaunes et sublimes. De mon bras valide, je tire la tablette vers moi et attrape l'enveloppe encore cachetée qui tient en équilibre sur le vase.

Hâte-toi de vivre mais pense à regarder
les étoiles, de temps en temps.
Et lorsque la porte s'ouvrira,
ce sera à toi de jouer, Bambina !

L'émotion me submerge lorsque je comprends qui est à l'origine de ce message. Cela ne peut être que Mamie Lina : l'écriture, le texte, Bambina… Je ne sais pas comment elle a réussi à faire cela, je ne peux pas dire si j'ai rêvé, si je suis passée dans un monde parallèle, je ne peux absolument pas expliquer ni ce que je ressens à cet instant précis ni ce qu'il m'est arrivé, mais tout ce qui m'importe, c'est que la porte va s'ouvrir.

Maintenant.

— Mademoiselle Tricani, je suis le docteur Dià. Si vous saviez à quel point je suis heureux de faire votre connaissance.

REMERCIEMENTS

Comment pourrais-je commencer ces remerciements sans m'adresser à vous ? Vous n'imaginez pas une seconde à quel point je suis heureuse de pouvoir vous présenter ce roman. Mon roman. J'ai encore du mal à réaliser et à vous imaginer entrer dans mon univers, bien installés sur votre canapé ou bien dans le bus (ou là où vous voudrez finalement, tant qu'on est ensemble, peu importe où on ira !).

J'espère que vous prendrez autant de plaisir à lire cette histoire que j'en ai eu à l'écrire.

Un jour, une jeune femme est entrée dans ma vie et m'a raconté une aventure absolument extraordinaire. Elle a ri, a pleuré également, puis m'a fait promettre de le dire à tout le monde. Elle s'appelait Léo. Alors, je me suis réveillée et j'ai commencé le premier chapitre de ce roman. Je suis persuadée d'avoir fait le bon choix en vous confiant ses secrets et j'ai hâte de vous rencontrer afin d'échanger avec vous.

Léo, Juju, Louise, Mamie et Tess, mes personnages que j'aime tant… Je les laisse entre vos mains désormais.

Merci de tout cœur de me suivre dans cette folle aventure.

Merci à toi, Papa, la plus brillante des étoiles. Merci de m'avoir offert ton âme d'artiste, de nous avoir fait rire chaque jour de ta vie, de nous avoir appris que la bonne humeur est la réponse à tout. Merci de toujours veiller sur nous. Même si tu n'es plus là.

Merci à mon mari, mon essentiel, d'être le meilleur soutien que je puisse avoir. Rien n'aurait été possible sans toi. Le reste, tu le sais déjà.

Merci à mes bébés d'être ma principale source d'inspiration. Merci d'apporter mille couleurs dans notre vie.

Merci à ma famille : Maman, Vir, Nanotte, Elena, Maryse, Guy… tout le monde. Vous êtes trop nombreux, on remplirait un deuxième livre. On n'a pas ri tous les jours, mais qu'est-ce qu'on s'est marrés ! Merci de toujours envoyer un petit texto avant d'entrer dans mon bureau pour ne pas me faire perdre le fil, il n'y a que vous pour faire ça.

Merci à mes amis : Amandine, Yannick, Ade, David, Kimy et les autres. À nos rires, nos souvenirs, nos larmes, nos soirées, nos Saint-Kevin, notre amitié indestructible.

Merci à tous ceux qui ont lu mon premier roman en ligne sur mon blog, l'aventure a commencé grâce à vous et je ne l'oublierai jamais. Vous avez tout changé.

Merci à ma merveilleuse éditrice, Alexandrine Duhin. Merci pour ta confiance, tes conseils, ta bienveillance. Merci pour ce coup de téléphone qui restera gravé dans ma mémoire, mais, surtout, dans mon cœur.

Merci à toute l'équipe Mazarine, aux éditions Fayard. En participant au Mazarine Book Day, je n'avais aucune idée de ce qui allait arriver ensuite. Si on m'avait dit que j'avais la moindre chance d'être choisie… Merci d'avoir fait de moi la personne la plus heureuse au monde. À vous qui hésitez, n'oubliez jamais que rien n'est impossible. Merci à Thiphaine et Guillaume, mes compagnons lors du Mazarine Book Day. Je n'oublierai jamais cette journée.

Merci à mes « collègues », Baptiste Beaulieu et Virginie Grimaldi, pour leurs précieux conseils. Vous me mettez la barre hyper-haut, mais j'essaierai de ne pas vous décevoir.

Merci à la demoiselle au chignon.

Merci à Colin Usher pour ses photos. You're the best ! Thank you !

Merci à Stéphanie Deslauriers, ma Québécoise préférée.

Merci à l'association Tout le monde contre le cancer, en particulier à Nicolas Rossignol, pour ses actions, sa confiance, son engagement. Je serai toujours là si vous avez besoin de moi.

Merci à tous ceux qui permettront à mon livre d'être distribué, lu, commenté, corné, acheté, aimé, abîmé, relu, prêté, posé sur une table de chevet.

Adishatz, Laure.

Retrouvez l'auteure

laurerollierauteure@gmail.com
Instagram : laurerollier
blog : lesecritsdelaure.wordpress.com
et sur Facebook :
facebook.com/onecoutelajeunefilleaufond

PAPIER À BASE DE
FIBRES CERTIFIÉES

Le Livre de Poche s'engage pour l'environnement en réduisant l'empreinte carbone de ses livres. Celle de cet exemplaire est de :
200 g éq. CO_2
Rendez-vous sur
www.livredepoche-durable.fr

Composition réalisée par Belle Page

Achevé d'imprimer en France par
CPI BRODARD & TAUPIN (72200 La Flèche)
en septembre 2019
N° d'impression : 3035461
Dépôt légal 1re publication : octobre 2019
LIBRAIRIE GÉNÉRALE FRANÇAISE
21, rue du Montparnasse – 75298 Paris Cedex 06

64/3272/7